DU MÊME AUTEUR

Aux Éditions Albin Michel

LA GRANDE ENCYCLOPÉDIE BÊTE ET MÉCHANTE, 1980.
LA NOUVELLE ENCYCLOPÉDIE BÊTE ET MÉCHANTE, 1982.
NOS ANCÊTRES LES GAULOIS — T 1, 1991.
LE TEMPS DES ÉGORGEURS — T 2, 1992.
LETTRE OUVERTE AUX CULS-BÉNITS, 1994.
CŒUR D'ARTICHAUT, 1995.
LA DÉESSE MÈRE, 1997.
LE HUN BLOND, 1998.
LA HACHE ET LA CROIX, 1999.
LE DIEU DE CLOTILDE, 2000.
LE SANG DE CLOVIS, 2001.
LES REINES ROUGES, 2002.
L'ADIEU AUX REINES, 2004.
PLUS JE REGARDE LES HOMMES, PLUS J'AIME LES FEMMES..., 2005.
LE VOYAGE, 2006.

Chez Alice Éditions

NOMS DE DIEUX : ENTRETIEN AVEC EDMOND BLATTCHEN, 2001.

Aux Éditions Belfond

LES RITALS, 1978.
LES RUSSKOFFS, 1979.
BÊTE ET MÉCHANT, 1981.
LOUISE LA PÉTROLEUSE, 1981.
LES ÉCRITURES – LES AVENTURES DE DIEU ET DU PETIT JÉSUS, 1982.
LES YEUX PLUS GRANDS QUE LE VENTRE, 1983.
L'ALMANACH DE CAVANNA – 1985, 1984.
MARIA, 1985.

Suite des œuvres de François Cavanna en fin de volume

LUNE DE MIEL

FRANÇOIS CAVANNA

LUNE DE MIEL

nrf

GALLIMARD

Les médecins neurologues donnent plaisamment le nom de « lune de miel » à une période pendant laquelle les symptômes de la maladie de Parkinson s'atténuent au point de laisser croire à une guérison, avant de reprendre avec une implacable violence.

LE TRAIN SANITAIRE

Ça s'était fait va savoir comment, comme se font les choses. J'entendais pas bien, j'entends jamais tout à fait bien, cette putain d'oreille, justement, qui s'était envoyée en l'air dans le fracas d'une bombe ricaine et n'en était jamais redescendue. Donc j'entendais comme j'ai pris l'habitude d'entendre depuis ma vingtième année — la belle âge ! —, c'est-à-dire en fouillant du groin parmi les bribes de langage qui, s'étant cognées en vain au pavillon inerte, se traînent jusqu'à celui de l'autre côté voir s'il n'y aurait pas, par là, on ne sait jamais, un peu de répondant. Il y en a, peu, mais assez parlé de mes esgourdes, c'était l'introduction.

Donc, parmi les bribes informes qui, pour vous autres, forment une conversation, certains sons se détachaient du peloton, parce que familiers. Ils étaient un groupe, qui discutaient au pied levé, à l'autre bout de la table. Il faut que vous sachiez que Fischetti — Antonio, mais ça veut dire Antoine, ni plus ni moins —, que Fischetti a un organe puissant. Un peu bafouillant, c'est vrai, mais puissant. Surtout dans les explosives, vous savez, ces syllabes à postillons.

Les vaillantes explosives de Fischetti explosaient au-dessus de la mêlée, et du coup, moi, miracle, j'entendais des MOTS. Des vrais mots, comme quand on écrit. Moi, forcé, j'écoute l'écriture. « Bunker », « Hitler », « Adolf », « Goebbels », une phrase entière, même : « Goebbels, il s'est pas dégonflé, Goebbels, pan, et toute sa petite famille avec. » « ... Même que sa femme leur fermait les mâchoires d'un coup sec pour leur faire croquer la pilule. » Ça, c'était pas Fischetti, ça. Une fille, plutôt, avec silence consécutif.

Bon. La converse universelle des jeunes et encore jeunes qui se dégustent l'horreur rétrospective pour se faire un peu peur. Et, bien sûr, Stalingrad, cerise sur le.

Moi, dans mon coin, malade comme un chien. Malade, oui, à me trouver mal, à chialer en dedans, à avoir la trouille que ça se voie, à courir aux gogues comme pour une chiasse. Parce que ça, je l'ai eu en pleine gueule, moi, au temps où ça n'était pas encore du cinéma. Je ne m'en suis jamais remis. J'ai, quelque part tout au fond de moi, là où il n'y a pas de lumière, un paquet, une boule, un rat crevé, une merde, va savoir quoi, moi je ne tiens pas à savoir au juste, qui, sans prévenir, à l'occasion de bribes de propos soudain comprises, me précipite dans un état que j'ai vécu à l'époque où de telles choses se vivaient. Si je n'en suis pas crevé, c'était pour mieux en crever par petits paquets tout au long de ma vie. Je ne suis pas le seul, je sais.

Oh, je n'ai pas été un héros, je n'ai pas « fait » Stalingrad, même pas participé à la Résistance avec un R majuscule. Non. Je l'ai simplement prise en pleine gueule. Leur connerie. Le petit Parigot lâché dans le hachoir, secoué d'un camp à l'autre dans le grand flipper de merde, « esclave du Reich », comme se proclame l'autre. Avec ma tête de cochon… Non, là, ça y est, je me perds dans les pleurnicheries misérableuses. Pourquoi me suis-je embarqué dans ces nostalgies dégoulinantes de sang et de merde ? Oh, ben, cherche pas, fallait que ça sorte, voilà tout. Tiens, le train sanitaire…

Oh, la vache ! Un train sanitaire, c'est des wagons vides où l'on a installé un système d'étagères très bien foutues pour y entasser en quantité maximale des brancards avec des blessés dessus. Du plancher au plafond. Le nez de chaque mec touchait la toile du brancard du mec au-dessus. Ils arrivaient de Stalingrad, voyez-vous.

Tous en morceaux. Encore vivants. Si on peut dire. Vivants pour gueuler, pour grincer, pour gémir, pour chier et péter, un mort-vivant ça a tous les droits. Ça puait, tu penses. La merde verte, la tripe chaude, et le jus de gangrène. Qu'est-ce que je foutais là-dedans, moi, parmi ces débris de héros, coincé comme les autres entre deux, celui d'au-dessus perdait les eaux, enfin, ça coulait, ça me coulait dessus, va savoir ce que c'était, voir tu voyais que dalle, un lumignon pour tout le wagon, en tout cas ça poissait. Sang ? Pus ? Diarrhée ? Ça me coulait sur la gueule, j'en avais plein les yeux, si ce con-là avait la grippe, j'étais bon… Que je me disais pour me faire rire. Qu'est-ce que je foutais là ? Attends, je te raconte.

J'appartenais au Reich allemand, comme tous les autres cons du STO et aussi — astuce — les prisonniers massivement « libérés », c'est-à-dire devenus civils d'office sans quitter leurs stalags et devenus travailleurs forcés. « Esclave », ça fait Ben Hur et compagnie. J'étais un forçat, ça oui. J'ai tiré au cul tant que ça peut. J'ai cassé des machines, des grosses même. J'ai cassé la gueule de petits cons français qui — je te jure ! — faisaient du rendement, j'ai fraternisé avec des filles russes qui, elles, sabotaient carrément. Faire grève sur le tas dans le IIIe Reich en guerre ! Elles l'ont fait. Ont été pendues. Mes copines… Oui, le wagon. Eh bien, appartenant tête et cul au grand Reich, celui-ci m'avait confié à un certain industriel — Graetz AG — pour fabriquer des obus. Graetz AG était responsable de ma pomme. On nous laissait crever de faim, on nous tapait dessus, on nous envoyait en *Arbeitslag* — l'épouvante — mais on veillait à notre santé, on nous comptait… Il ne devait pas en manquer un seul à l'appel, c'est l'Organisation.

Après une série de conneries que je vous raconterai peut-être un jour, si ma main permet — ah oui, parce qu'il y a aussi ma main, maintenant, mais elle, c'est pas Adolf, c'est mademoiselle Parkinson, des jours elle me fout un peu la paix, d'autres fois, rien à faire. Comme aujourd'hui, tiens. Je me cramponne au stylo d'une main, de l'autre à la table, tout ça pour mouler un pauvre gribouillis illisible, un mot toutes les cinq minutes. Faudrait que je vous montre le fac-similé, mais j'ai honte. Claviste, pardon.

*

Où j'en étais, moi ? Voilà. Une fois de plus, mes petites copines russkoffs m'avaient sauvé la mise. Ma punition se bornait à un transfert au Galvanik. Le bagne dans toute son ampleur. Ça aussi, je vous raconterai un jour. Rien que le mot : « Galvanik »… J'ai failli crever. Le gars d'avant moi y avait laissé les poumons. Je l'avais cru tchèque : il ne parlait pas, ne me répondait pas. Me montrait le boulot par l'exemple. Il était de Marseille, mais quand il ouvrait la bouche pour parler, la toux le prenait, il crachait le sang à gros caillots. Alors il fermait sa gueule. Et plongeait à bout de bras dans le bac d'acide ses paniers de cinquante kilos de têtes d'obus en ferraille pour les faire croire en beau cuivre rouge. Je ne me rappelle plus si l'acide était plutôt sulfurique ou plutôt chlorhydrique, j'avais appris les deux à la communale. En tout cas, ça faisait des bulles et ça piquait la langue. Une goutte tombait dessus, t'avais plus de langue. Gaffe aux éclaboussures !

Comment je m'en suis tiré ? Je te le donne en mille. Non, ne cherche pas. Par les hémorroïdes. T'as dix secondes pour rigoler. Ça y est ? Par les... parfaitement. Mais alors, mahousses. La grosse grappe de raisins noirs qui me pendait là où ces saloperies aiment pendre. Ça saignait en flot continu. Je ne chiais plus. Je ne mangeais plus, de peur d'avoir envie. J'avais tellement mal que je me traînais, je prenais du retard, l'autre con de Meister gueulait comme ils gueulent, et puis il me carre son pied dans le cul. Dans le cul ! Là, François s'est retrouvé. Je lui tombe dessus, je lui mets une avoine que j'aurais pas cru avoir encore en réserve dans mes bras sous-alimentés. *Werkschutz !* (C'est les flics d'usine.) *Obermeister. Was ?* Je dis rien, je baisse mon lambeau de futal, je montre. Horrifié, l'Obermeister. On n'avait pas le droit de laisser se détériorer ainsi le matériel du Reich, en l'occurrence moi. Le soir même sur le billard, opéré sans anesthésie — il n'y en avait que pour les troufions blessés — sous un bombardement — comme toutes les nuits.

C'était un chirurgien sympa, un jeune qui avait échappé au front russe. Il s'est démerdé, et voilà comment je me trouvais empilé entre deux héros mal raccommodés et suintant liquides et odeurs diverses dans un convoi sanitaire qui allait où ?

Je l'ai su à l'arrivée, dans le petit matin sale où se dressait un de leurs écriteaux noir sur blanc : Nieski. Ça ne me disait rien. Il y avait un hôpital militaire, bricolé dans une école, ça pouvait aussi bien percher au pôle Nord que chez les Zoulous. En fait, c'était en basse Silésie (Nieder Schlesien), c'est-à-dire presque en Pologne, droit à l'est. Ces gars qui s'étaient fait hacher à Stalingrad et alentour, après les avoir tant bien que mal recousus à Berlin, on les renvoyait se refaire une santé tout près des lignes, ceux qui ne crèveraient pas n'auraient pas loin à marcher pour reprendre le boulot.

On m'a désinséré, il y avait une fontaine, j'ai sauté du brancard, j'ai plongé ma tête dans l'eau, me laver de tout ce jus de cadavre que l'autre m'avait pissé dessus, j'ai dégueulé, j'ai dégueulé... Les troufions boches, me voyant debout sur deux jambes, me fusillaient de leur haine, en oubliaient de gueuler.

Moi, je m'en foutais. J'avais plus mal au cul.

*

À peine arrivé dans la cour de cette école transformée en hôpital pour troufions amochés, je compris que ce ne serait pas la vie en rose. Par ma faute, déjà. Deux brancardiers en uniforme Wehrmacht avaient, aussi délicatement qu'ils pouvaient, désincrusté mon brancard d'entre la muraille compacte de viande allongée et l'avaient transporté bien précieusement hors de la pestilence du wagon pour le poser sur le quai de la petite gare en dodelinant de la tête, débordants de tendresse pour le brave petit gars — je faisais jeune pour mes vingt et un ans — qui s'était fait crever la panse pour la patrie allemande. Moi, au lieu de jouer le jeu, je saute sur mes jambes, je cours me débarbouiller à la fontaine et je m'ébroue en chien fou.

Mes deux gars se sont estimés personnellement mystifiés. J'avais mes deux jambes, mes deux bras, et, apparemment, mes tripes au complet se blottissaient au chaud sous des loques pas du tout réglementaires… Tout ça jurait parmi les impeccables alignements horizontaux de corps visiblement privés d'un membre, ou de deux, voire de quatre, qui avaient tous en commun d'être uniformément vêtus ou recouverts de ce gris verdâtre — *feldgrau*, qu'on peut traduire par « gris champêtre » si l'on a l'humeur bucolique — fort à la mode en Europe en ces années-là. Eh oui, j'étais le seul à n'avoir pas ma misère enveloppée de vert-de-gris, je la drapais dans ce qui restait du beau pardessus à chevrons gris clair que m'avait acheté maman avec les sous de ma première paye, j'étais alors postier, il y avait cinq ans de cela. Cinq ans dont deux et demi pendant lesquels je ne l'avais pour ainsi dire pas quitté, mon beau lardosse, et surtout pas pour dormir. Il pendait en guirlandes de loques autour de moi, serré à la taille par une ficelle, frissonnant dans le lit du vent aigre de toutes ses effilochures. Blottie au fond de la poche droite soigneusement ravaudée d'un chiffon réglementaire à nettoyer les machines, la cuillère. La cuillère, seule amie du désincrusteur de cadavres toujours à l'affût du fond de gamelle miraculeusement apparu sous le tas de gravats. C'était interdit. Un crime. Pis qu'un crime : du pillage éhonté de biens allemands éparpillés par les bombes ennemies. Pris à piller en plein bombardement, c'était la mort sur place, que le butin soit un diamant ou un fond de choucroute avarié. Des Russes ont été pendus devant moi pour avoir boulotté le contenu d'une boîte de sardines répandu sur ce qui restait de la table d'une famille tuée en plein repas. Ces cons — les Russkoffs — ne se cachaient même pas. En toute innocence, ils venaient avec bien de la peine d'exhumer ces macchabées des décombres de leur maison, ils avaient même récupéré une fillette encore un peu vivante, ils croyaient avoir gagné le droit de se partager les trois sardines saupoudrées de poussière de brique et de boire l'huile à même la boîte, le monde renversé, je vous dis. Le vieux caporal qui menait notre commando de fripouilles et de tire-au-cul à l'assaut des décombres nous avait expliqué la chose, plutôt navré, c'était une chose triste, et nous avait fait jurer — par gestes ! — qu'aucune cuillère n'alourdissait nos poches, car la cuillère, d'abord il aurait fallu que nous l'ayons volée, premier crime, et surtout sa possession dénonçait des intentions criminelles à l'égard des restes de rata et de pots de confiture éventuellement préservés de l'aplatissement par quelque échafaudage de hasard, comme il s'en produit dans ces festivals de destruction.

La cuillère, tu parles, nous l'avions tous, bien au chaud, pas louper une distribution imprévue de soupe ! N'oubliez pas. La cuillère toujours dans la poche, et toujours ignorée. Pas la fourchette. Inutile, la fourchette. Luxe de prince. Le couteau ? Vaut mieux pas. Tu tombes sur un SA à gros bide, culottes de cheval et insigne en brassard, surtout si la dégringolade a été sévère, ce sale con peut te prendre au colback et gueuler que tu as une arme, que tu es un espion, un communiste, n'importe quoi. Non, crois-moi, la cuillère, comme risque, c'est le maximum. Remarque, les Russkoffs de tout à l'heure n'avaient pas de cuillère. Ils bouffaient avec les doigts. Le destin…

Je n'ai pas eu le culot de me réinstaller sur le brancard. Mes deux porteurs faisaient la gueule, ne sachant trop si c'était du lard ou du cochon, après tout j'étais peut-être un agent secret victime d'une mission non moins secrète, alors, quand on s'est mis en route, ils portaient gravement leur brancard vide, et moi je marchais à côté, en claudiquant, j'avais quand même salement mal, plus tellement au trou du cul mais pas bien loin, les hémorroïdes s'étaient infectées, le brave petit chirurgien avait découvert une fistule, un truc énorme gonflé à péter de pus, du sale jus vicieux qui ne demandait qu'à exploser en arrosant copieux. Il avait tranché large, et moi je n'avais plus de périnée. J'avais beau évoquer Louis XIV, ça ne me faisait pas rire autant qu'on pourrait croire. Depuis la naissance des couilles jusqu'au troufignon j'étais ouvert, béant et rose, comme une pastèque dont on a prélevé une tranche. Toute cette désolation suintait en permanence, j'étais garni comme un bébé d'un énorme paquet d'ouate qui m'écartelait les cuisses et me faisait une démarche de canard rhumatisant.

Mais je marchais, moi.

*

Je marchais. Eux, non. La plupart venaient tout juste d'être sciés en deux, un de leurs précieux membres, haché par la glorieuse ferraille faite exprès pour ça, avait été tranché par une tronçonneuse aseptisée et jeté à la poubelle, ils étaient sous le choc, n'admettaient pas, émergeaient l'un après l'autre du bienheureux néant de l'anesthésie, la gueule cireuse, les joues mangées de barbe, les orbites enfoncées loin dans le crâne et, tout au fond, irradiant la fièvre, leur premier regard de débris humain sur le monde, regard terrible où, plus encore que le désespoir, flambait la haine.

Presque tous les brancards étaient surmontés d'une excroissance en forme de dôme, de couleur *feldgrau*, cela va de soi, qui tout d'abord m'intrigua. L'une d'elles étant tombée, je pus voir qu'il s'agissait de légers treillages d'osier sur lesquels était tendue une toile de bâche. Cette construction était destinée à préserver le moignon à vif de tout contact. Ces arceaux charitables n'avaient pas été en usage dans le train, et pour cause : les corps y étaient empilés sans interstice. J'imaginai après coup les moignons, à chaque cahot, heurtant le brancard du camarade de l'étage au-dessus. Gémissements et jurons m'en parurent plus supportables.

Ne sachant pas trop quoi faire de ma dérisoire personne, on finit par me coller dans une salle de classe où l'ingéniosité germanique avait déjà réussi à entasser deux douzaines de châlits, dont un bon nombre à deux étages. Les occupants étaient des vieux, des privés de tout, bref, du civil. Tous allemands. J'aurais voulu me hisser aux étages supérieurs, tous ces débris devaient, c'est sûr, se répandre à pleine vessie boursouflée et merci pour les gars d'en dessous. J'avais de l'expérience.

L'HÔPITAL

Le départ s'était effectué en pleine nuit, entre deux bombardements. La Krankenhaus Neukölln, où j'avais été opéré en voltige, se carapatait vers des cieux moins prodigues en distribution d'engins explosifs. J'avais été embarqué dare-dare pour l'hosto, directement depuis le Galvanik, sans rien sur moi que mon pantalon rongé par l'acide et ce qui restait de mon beau pardessus. Le brave petit chirurgien s'était emparé d'autorité d'une salle d'opération, l'infirmière tremblante lui avait presque arraché le scalpel des mains tant elle avait peur que le camion parte sans elle, et bon, je me suis retrouvé dans ce wagon sanitaire, coincé en sandwich entre deux glorieux débris empilés et gémissants. Mon pauvre trou du cul découpé en tranches faisait petite mine parmi ces vigoureux moignons tout frais taillés et rayonnant de gloire.

Mon pantalon en charpie, je suppose qu'ils l'avaient balancé dans la poubelle, pêle-mêle avec les jambes, les bras et les paires de couilles offerts en holocauste à la patrie allemande et au Führer. Si bien que je débarquais vêtu, en tout et pour tout, sous mon vestige de pardessus, d'une chemise d'hôpital qui me descendait aux genoux. Cette chemise, marquée en gros dans le dos « Stadt Berlin-Krankenhaus Neukölln », ne comportait pas de poches, c'est assez l'habitude des chemises. Mon unique pièce d'identité était l'*Ausweis* prouvant que j'appartenais à la firme Graetz AG. On l'avait accroché à la chemise par une épingle de nourrice. En Allemagne, une épingle de nourrice est un engin terrifiant, hérissé, blindé, agressif à force de précautions pour ne pas risquer de piquer les fesses roses d'un bébé allemand.

En fin de compte, je m'étais retrouvé installé sur un lit au rez-de-chaussée, et sans étage, c'était plutôt le moins pire du pire. L'hôpital n'était pas exclusivement militaire, d'où cette salle concédée aux vieux pékins.

*

Les premiers jours furent pénibles. Rien à lire, mal au cul et voisins de lit clabaudant du matin au soir en un allemand plus rocailleux que nature, ce que j'aurais cru impossible. Ces vieux machins étaient tout excités par la tournure que prenait la guerre, ils ne parlaient que de ça — je suppose —, déployaient des cartes routières où ils épinglaient des bouts de papier en gueulant comme ils gueulent quand ils s'y mettent vraiment. Ils n'avaient pas l'air affolés, pas du tout. Les Russes étaient pour ainsi dire sur la frontière, les villes allemandes croulaient avec un grand bruit mou, eux attendaient le miracle. Ils se gonflaient l'espoir au *Völkischer Beobachter*, le journal de Goebbels, ils SAVAIENT que le Führer ne pouvait pas perdre la guerre, leur seul sujet de discussion portait sur la nature de l'arme décisive et sur le moment où il déciderait de l'employer, pour autant que leur mimique et leurs éclats de voix me le laissaient deviner.

Mais ce qui domine de très loin mon souvenir de Nieski, c'est la faim. Une faim de tous les instants, violente, hargneuse, c'était mon propre corps qui me haïssait, me reprochait de ne pas le nourrir, une faim comme je n'en avais jamais connu, et pourtant… Au camp, on la sautait, c'est vrai, mais il y avait la démerde. Je ne fumais pas. Ma ration de clopes se changeait en briques de pain — le pain allemand est en forme de brique, compact, gluant, bien « bourratif ». Les Allemands, qui ne font confiance à personne, avaient cependant foi en l'honnêteté, au sens de l'honneur du prisonnier de guerre français. Je dis bien français, exclusivement. Le Russe n'est pas un être humain, l'Italien est un fourbe et un voleur, l'Anglais devrait être allemand, il y a là une erreur de la nature, bref, ne nous perdons pas dans les labyrinthes psychochauvins, l'Allemand accordait toute sa confiance au prisonnier français, loyal adversaire, toute la lyre. Et donc seuls les prisonniers français étaient admis aux tâches que nécessitaient les travaux de manutention dans les antres souterrains où se stockaient patates, haricots secs, confitures et briques de pain. Ces loyaux adversaires n'étaient jamais fouillés, les *Werkschutz*, vieux ouvriers plus ou moins infirmes depuis la guerre de 14-18, les saluaient avec bonhomie, patates et briques de pain gonflaient les capotes kaki marquées dans le dos KG. Pour les confitures, livrées en boîtes de dix kilos, il aurait fallu les bourrer à même les poches, alors on s'en passait.

Les Russes, vrais bestiaux menés à la trique, n'avaient pas droit aux rations de cigarettes, et donc, n'ayant pas de monnaie d'échange, se contentaient, en principe, des rations de soupe claire et de *Spinats*, vagues herbasses baptisées « épinards ». Or, ils ne maigrissaient pas, se tenaient bien propres et chantaient. Je n'ai jamais pu percer le secret de leurs filières. Maria me faisait des petits cadeaux, vingt-cinq grammes de margarine, une cuillerée de sucre en poudre, une tranche de pain… Jamais elle ne consentit à me mettre dans le coup.

*

Au camp, je claquais la dalle, certes, je rôdais, obsédé par des images de nourriture, surtout du bien salé, bien épicé. Des fragrances d'épicerie italienne m'affolaient, me faisaient saliver à vide : jambons de Parme givrés de cristaux de sel, saucissons dodus à l'étroit dans leur ficelage, olives macérant dans leur saumure, et, dominant tout, la puissante odeur du parmesan, le fromage divin dont les meules énormes sentent la culotte de petite fille, mais il ne faut pas le dire… Ce n'est pas de bonne soupe bien nourrissante que je rêvais, mais de ces friandises pousse-à-boire si haut vantées par Rabelais et dont, pour ma part, j'avais bien rarement tâté. Les conversations de baraque fleuraient plutôt les gras gigots, les cassoulets riches en saucisses et les pièces de bœuf monumentales que la soupe aux choux. Quand on est dans le manque, autant rêver dans le déraisonnable. En dévorant en cachette une patate illégale, Maria et moi ne rêvions plus de festins. Nos estomacs fermaient leur gueule. Qui dort dîne ? Peut-être. Qui aime dîne, sûrement.

L'état de faim permanente était devenu une habitude. Une gêne comme le caillou dans la chaussure. Nous

nous étions même faits à notre manque de forces. Nos gestes prenaient de la lenteur et de la majesté, nos propos de la profondeur… Mais là, coincé dans cet hôpital du bout du monde, j'étais le tigre en cage qui n'a pas eu sa portion depuis huit jours parce que les gardiens sont en grève. On aurait dit que les Allemands avaient un record à battre. Une mince tranche de pain le matin — je n'ai pas compris tout de suite qu'elle devait faire la journée —, un bol de soupe claire de légumes à midi, un bol de la même soupe le soir, allongée de cinq fois son volume d'eau.

Cela dit, tout était *korrekt.* À ceci près que je n'ai pas aperçu l'ombre d'un médecin. Que des infirmières. Elles faisaient tourner la boîte, faut voir ! Raides et sèches, comme toutes celles de là-bas, dès six heures du matin le thermomètre sous ton nez. Pas à se fourrer n'importe où, attention. Je ne savais pas. La première fois, je me le suis carré direct dans l'oignon, à la mode de chez nous. Scandale. *Schweinkopf ! Frantsoze ? Ach, natürlich !* Rires supérieurs de la race évoluée. J'ai voulu relever l'honneur français. J'ai attendu l'accalmie — un Allemand qui a compris qu'il faut rire, ça rit longtemps — et j'ai dit : « *Im Arsch* — c'est le cul, un des mots qu'on apprend en premier — *Im Arsch mehr prétsizion.* » Je l'ai dit gravement, l'air très sûr de moi, très prof de sciences nat. Ils se sont regardés, troublés. Ils ont commencé à discuter. Avec les gestes. Un Allemand qui s'anime, ça fait des gestes, comme un — ptui ! — vulgaire Rital. L'un montrait sa bouche, l'autre désignait son cul, chacun s'exprimait avec véhémence. Les index volaient de bouche en cul et de cul en bouche, on eût dit un joyeux envol de papillons. Je jetai un œil à l'engin que j'avais réchauffé sous ma langue. Trente-neuf huit. L'infirmière me l'arracha de la main — sans doute connaître sa propre température était-il interdit par le Führer ? —, pinça son absence de lèvres et éructa : « *Neununddreissig acht. Ins Bett. Sofort !* » *Sofort*, je connaissais : « Tout de suite. » Le reste, l'index inexorable de la *Schwester* me le fit comprendre : « Au lit ! »

*

Mes voisins de lit avaient une caractéristique en commun. Ils avaient tous le visage d'Adolf Hitler. Hallucinant. Déjà. Mais ce n'étaient pas bêtement des sosies du Sauveur. Chacun d'eux était un Adolf Hitler tel qu'il aurait dû être. Cela demande à être expliqué.

Dieu a fait à l'Allemagne — qu'Il aime — un don merveilleux : le Führer. C'était un bon début. Aux Allemands de comprendre le message et d'aller plus loin dans les voies de Dieu. Adolf Hitler n'était que l'ébauche d'une idée, une suggestion, un projet qu'il convenait de mener à son accomplissement. L'Adolf Hitler idéal était à mettre au point. À partir, naturellement, de l'Adolf Hitler tout juste ébauché que l'on avait sous les yeux. Chaque Allemand se disait : « Le Führer est très beau, certes. La perfection de la beauté. Il me semble — là, l'Allemand, même se parlant à lui-même, vérifiait si un grand type à manteau de cuir n'était pas caché sous son lit —, il me semble cependant qu'il lui manque un petit je-ne-sais-quoi, oh, bien peu de chose, et il me semble aussi que ce petit rien, eh bien, moi, je l'ai. Je n'en tire nul orgueil, mais, pour faire bref, disons que, tout en ayant le reste tel qu'il l'a, si tout cela se trouvait sur ma gueule, je ferais un Adolf Hitler beaucoup plus vrai dans le genre Adolf Hitler que l'Adolf Hitler qu'on a maintenant.

Ayant dit, l'honorable sujet du Reich allemand tirait du tiroir secret de sa table de nuit une petite moustache et une mèche de cheveux qu'il se collait où ça se colle pour être Adolf Hitler. Il se regardait dans la glace de l'armoire et, de terreur, conchiait son beau pantalon d'Adolf Hitler. La preuve était faite : cet homme était plus Adolf Hitler qu'Adolf Hitler lui-même.

Et donc, parmi mes vingt et quelques compagnons de chambre, quatorze exactement étaient Adolf Hitler. Le vrai. L'un était un Adolf Hitler poupin, genre Hardy, le Hardy de Laurel. Un autre avait la tête de Frankenstein, un autre celle de Bécassine, un autre celle de Léon Blum, un autre... Mais tous, les gros les maigres, les grands les petits, les secs les mous, étaient Adolf Hitler, aucun doute là-dessus, et la preuve : ils étaient tous plus ressemblants que sur le journal.

*

Ces journées enfermé au milieu de cette surabondance d'Adolf Hitler de toutes tailles et de tous embonpoints devinrent vite assez éprouvantes. D'autant que tous se croyaient obligés d'exhiber l'expression bien connue du Führer sur ses portraits officiels : l'air de chercher quel est le cochon qui vient de péter.

Tous bouffaient comme des chancres. Alors que la population allemande à son tour la sautait — les plaines à blé de l'Ukraine, les pâturages de la Brie, elle n'y pouvait plus compter —, que les glorieux blessés crevaient de faim tout comme moi, ils avaient quelque part, les uns et les autres, une femme ou une maîtresse qui s'échinait à trouver de quoi remplir des colis de nourriture pour le pauvre Papi évacué au bout du monde, là où il n'y a rien à manger. Cloué au lit par la vigilante *Schwester*, je devais supporter de voir ces goinfres s'empiffrer de cochonnailles allemandes sur des tranches de pain allemand tartinées de beurre probablement français. Et boire comme… comme des Allemands. Non, là, je pensais « comme des Boches ».

Dans le lit jouxtant le mien gisait, cela va de soi, Adolf Hitler. Mais ici, il faisait hardiment dans l'anticipation. La petite moustache à la Charlot était blanche, du vilain blanc jaunâtre des vieux fumeurs, ainsi que la mèche conquérante, réduite à trois poils pendant tristement hors du bonnet de nuit. Car il avait un bonnet de nuit. Avec mèche et pompon. Il était fort maigre. Ses joues grises s'enfonçaient dans son visage, on les perdait de vue, sans doute se rejoignaient-elles à mi-distance. Hitler dans une quarantaine d'années.

En attendant, ce vieux débris bouffait du matin au soir, et peut-être aussi du soir au matin : j'entendais grignoter dans cette direction. Surtout des choses sur du pain, les Allemands adorent cela, charcuteries bizarres, confitures, fromages de santé genre gruyère, miel… Il dévorait comme pour cramponner sa vieille carcasse à un reste de vie dont la seule raison d'être était : manger.

Il devait lui rester quatre dents au maximum. Encore n'étaient-elles pas placées en face les unes des autres. Si bien que mastiquer nécessitait des efforts héroïques. On voyait, à travers ses joues translucides, remuer sa langue en de pathétiques combats. Tout son visage participait à l'anéantissement de la bouchée de nourriture ennemie, son cou n'était qu'un faisceau de tendons s'activant comme les cordes d'un piano. Il ne pouvait pas venir à bout de la croûte du pain noir allemand, spécialement dure en effet, ce peuple est viril dans les moindres détails. Et donc ces minces croûtes, en forme de faucilles, il les jetait. Et moi, je bavais.

Un jour, enfin, abandonnant toute dignité, j'osai lui effleurer l'épaule de deux tapes légères et, désignant de l'index le petit tas de croûtes qu'il se proposait d'envoyer là où s'envoient les choses devenues immondices, je lui balançai mon expression la plus affamée. Il se tourna à moitié, fit « *Was ?* » et, ayant compris que je lui demandais la faveur de recueillir ses croûtes de pain, il eut l'air fort surpris et me demanda ce que je comptais en faire. Je jouai le rôle de celui qui s'envoie quelque chose dans la bouche et puis qui mâche. En même temps, je me frottais le ventre en rond et levais les yeux au ciel d'un air suprêmement extatique. Il n'en revenait pas. « *Das ?* Ça ? Vous voulez manger ça ? *Aber, aber...* » Il fut un moment à s'en remettre. Mes proches voisins, qui avaient assisté à l'épisode, s'entre-regardaient, visiblement choqués. Un Hitler joufflu faillit dire quelque chose, puis se ravisa. Enfin mon vieux birbe, d'un geste royal, consentit que je m'emparasse de ces détritus qu'il abandonnait généreusement à l'adversaire loyal subissant les conséquences de sa loyale défaite. Je pus donc, de ce jour, m'empiffrer des durs rogatons du vainqueur. M'en foutais, j'avais de bonnes dents.

ADIEU, NIESKI

Dès qu'il me fut permis de me lever, je passai mon temps à rôder dans les couloirs, en quête, bien sûr, de quoi que ce soit qui pût à la rigueur se ronger.

Dans cette école médicalisée à la hâte, un semblant d'organisation avait cantonné les civils dans une aile du bâtiment, tandis que les militaires, essentiellement des blessés graves, en occupaient la majeure partie. J'ai pu me risquer dans les corridors de la partie militaire. J'ai vu, par des portes entrebâillées, ce que j'étais censé ne pas voir. J'ai eu beaucoup plus peur que sous le pire bombardement. Ces spectres aux yeux terribles contemplant l'endroit où eût dû se trouver leur jambe… Ces aveugles tâtonnant, tombant, jurant, vouant le Führer et la patrie à toutes les fosses à merde, absolument pas résignés, ces manchots doubles, ces culs-de-jatte, ces mourants qui crevaient dans l'indifférence générale, chacun pour soi, concentré sur sa souffrance à soi, son désespoir à soi…

Et ça puait… Deux ou trois gangrènes suffisent à empester un hôpital.

Arrivait-il à quelque amputé de m'apercevoir, je sentais jusqu'au fond de la moelle me brûler la soudaine charge de haine irradiant de ses yeux. J'étais jeune, je trottais sur deux jambes, j'étais visiblement un de ces sous-hommes des races vaincues, il y avait là de l'intolérable. Je m'abstins bien vite de m'égarer dans ce secteur.

À force de fureter, je m'aperçus que je rencontrais souvent une silhouette trop clandestine pour être honnête. Une espèce d'adolescent, vêtu comme moi d'une chemise d'hôpital qui lui descendait aux genoux. Pas de blessure apparente, une bonne bouille ronde, des yeux d'enfant. C'est lui qui m'aborda. Il savait dire « Ça boume ? » en français, se débrouillait fort bien en allemand.

Il vint donc à moi, la main tendue, et dit : « Ça boume ? » Tout content, je répondis « Ça gaze… omètre. Et toi… le à matelas ? », fine plaisanterie très en vogue à l'époque. Son silence embarrassé me fit comprendre que la conversation butait déjà sur un premier obstacle. Cependant, n'ayant l'un comme l'autre rien de mieux à foutre, nous entreprîmes d'essayer de nous connaître mutuellement.

Je résume. Il était tchèque, avait dix-sept ans, s'était volontairement engagé pour travailler en Allemagne afin d'éviter d'être incorporé dans la Wehrmacht. Tout ça n'était pas très clair, puait le mensonge à plein nez. J'entrevoyais plutôt un délit de droit commun à la suite duquel on lui aurait mis le marché en main, mais ce n'était pas mes oignons. Son principal souci actuel était frère du mien : trouver quelque chose à claper.

Il se baguenaudait sans s'en faire dans le quartier des grands blessés. Il semblait même être très populaire, là-bas. Je m'en étonnai. Il me dit :

— Je les fais rire.

— Ah, oui ? Tu fais le clown ?

— Non. Je leur montre ma blessure.

— Qu'est-ce qu'elle a de drôle, ta blessure ?

Sans un mot, il empoigna à deux mains le bas de sa chemise, la retroussa jusqu'à son visage, mettant son ventre à nu. Ventre et cuisses étaient zébrés de vilaines cicatrices, une gerbe de menus éclats avait labouré les tendres chairs, pas trop profondément, toutefois, puisqu'il vivait. Mais je n'avais pas pris garde à l'essentiel. Je m'avisai soudain que le sexe ne se trouvait pas là où l'on se serait attendu à le trouver. Lisse comme une fillette. Seule une mince cicatrice rose disait qu'il s'était trouvé là quelque chose qui n'y était plus. J'ai dû pâlir. Il me dit :

— Je montre ventre, Allemands rire. Surtout soldats. Surtout bras coupé, ou jambe coupée.

Pour bien me faire comprendre, de l'index il pointait vers son absence de sexe et puis mimait l'éclat de rire général.

— Quand rire, eux donnent à moi à manger. Un petit peu.

Il ajouta :

— Je rase. Comme ça eux voient mieux.

*

Mon séjour à Nieski aurait pu se prolonger jusqu'à… Va savoir quand. Aucun médecin ne m'a examiné, ma plaie ne montrait aucune tendance à se refermer, j'aurais pu attendre là la fin de la guerre, dans cet hôpital fantôme, avec ce petit Tchèque écouillé qui me demandait sans cesse si ÇA pouvait repousser, les savants américains sont très forts, tu sais… Et la faim, la hideuse faim.

Seulement il y avait Maria, là-bas, dans le camp de Baumschulenweg, au sud-est de Berlin. À Nieski, rien ne parvenait de Berlin, que quelques numéros du *Völkischer Beobachter* vieux d'une semaine ou deux. On y disait à mots prudents que les bombardements criminels des Anglo-Américains sur Berlin se faisaient de jour en jour plus dévastateurs — cela se paierait un jour ! —, et moi je voyais Maria écrasée là-dessous. Je n'y tenais plus, il fallait que j'y aille.

Les infirmières ne savaient rien, ne comprenaient pas ce que je demandais. Il commençait à souffler les prémices d'un vent de panique.

J'ai fauché un pantalon *feldgrau* dans la buanderie, sans doute celui d'un récent cul-de-jatte qui n'en aurait plus besoin, j'ai retapé tant bien que mal mon pardessus désormais multicolore, et je suis sorti. Par la porte. Personne ne m'a rien demandé. L'organisation allemande prenait décidément du mou.

Je suis allé à la petite gare. Sans un rond. Je suis monté dans un train qui me semblait aller vers Berlin. Il n'y avait que deux possibilités : vers Berlin, ou l'inverse. Un type modèle Cylindre-de-Cuir m'a presque poliment demandé mes papiers. J'avais toujours l'*Ausweis* épinglé au plastron de la chemise. Il m'a demandé quelque chose, sans doute ce que je foutais là, parmi les champs de betteraves enneigés. J'ai dit : « Mission », et j'ai insisté sur l'*Ausweis.* J'ai dit encore : « Retour Berlin. » Ça l'a convaincu. Retourner à Berlin, il fallait être fou, ou alors investi d'une mission sacrée… Il m'a foutu la paix, et je suis rentré à Baumschulenweg.

Les Russkoffs m'ont fait une ovation, les filles ont chanté rien que pour moi, Maria s'est mise à sangloter, il paraît que j'avais l'air d'un mort-vivant. Les Français m'ont dit : « On te croyait crevé. La Gestapo t'a relâché ? »

J'ai montré mon pauvre cul martyr à *Schwester* Paula, l'infirmière du camp. Elle a eu un haut-le-cœur et a fait venir Nadia, ma copine, docteur en médecine et déportée, qui n'avait pas vu un malade depuis son arrivée au camp, race inférieure, métier pour aryens, et qui fit se refermer ma tranche de pastèque en quinze jours.

C'était l'histoire de Nieski.

PETIT BILAN

Parvenu à l'heure des bilans, certaines évidences s'imposent, auxquelles on n'avait jamais pensé.

Exemple. C'est pas pour me vanter, mais je n'ai jamais rendu une femme heureuse. Je veux dire heureuse par moi, par ma ferveur, par ma présence, par ma simple existence…

C'était pourtant mon vœu le plus cher. Leur bonheur m'importait plus que le mien, beaucoup plus. Mais voilà, je n'avais pas la manière. Ou peut-être aimais-je trop fort, trop dans l'idéal. Trop attentif à l'amour même et pas assez à son objet, l'aimée ? Amour trop nourri de littérature, donc exigeant, donc maladroit ? Je n'ai jamais eu les pieds tout à fait sur terre, bien solidement crochés au sol. En tout cas, pas les deux pieds à la fois.

Ma seule excuse, c'est que je ne l'ai pas fait exprès. D'ailleurs, je ne me posais pas la question. J'aimais — je peux aimer très fort, vous savez —, je faisais ce qu'on fait quand on aime, quand on aime très fort. Je ne me souciais pas de savoir si le message était reçu, et agréé, s'il existait une réciproque à mon élan.

Je le vois bien maintenant, je vivais mon amour en

égoïste. J'étais sûr qu'elle était heureuse, plus qu'heureuse, puisque je l'étais. Cela allait de soi. J'aurais dû être plus attentif à leur visage, dans les moments d'abandon où elles baissent la garde.

Tiens, de fil en aiguille... Je m'avise soudain que jamais aucune femme ne m'a dit « Je t'aime », comme on le dit au cinéma. Ou même « Je vous aime », je m'en serais contenté. C'est quelque chose, ça ! Un signe, ou bien ? En somme, elles n'avaient pas su dire non. Pas osé. J'allais à l'abordage en conquérant — moi, le timide ! mais justement... —, j'étais pas repoussant, j'y mettais la fougue et la conviction qui débordaient de moi. Elles ne disaient pas non, quoi. Je ne me rendais pas compte que je faisais les demandes et les réponses. Un monologue de ventriloque, avec poupée parlante.

Sensible et excessif que je suis — mais si ! mais si ! —, bourré de romantisme à deux ronds la botte, l'amour, pour moi, ne pouvait être que cataclysmique, à la Victor Hugo ou à la Édith Piaf, et en même temps bucolique et midinette, à la Bernardin de Saint-Pierre ou à la Tino Rossi. Mes amours — pas nombreuses, finalement — furent toutes vécues par moi comme l'unique, l'absolu, l'irremplaçable. Et le sont restées, même si remplacées.

Il ressort de tout cela que je ne suis pas sûr du tout d'avoir été aimé, ce qui s'appelle aimé, comme dans *La Vie en rose*. Peut-être chacun-chacune se pose-t-il cette question, à un certain moment de sa vie ? Remet-il en cause ses certitudes amoureuses ? Cherche-t-il des indices ? Tout amour ne serait alors qu'un quiproquo — il me semble que quelqu'un a déjà dit quelque chose dans le genre. Amis masochistes, disons-nous bien que, si nous nous sommes nourris d'illusions, ces illusions nous ont aidés à vivre, à vivre intensément, comme qui aime et se sait — ou se croit, ça revient au même — aimé.

Regarder en arrière, quand on n'est plus dans la course, scruter le passé quand il est trop tard pour y changer quoi que ce soit est un exercice stérile qui se conclut généralement par un amer constat : on a été un jobard sur toute la ligne, et aussi par la maigre consolation que « si on avait su », on aurait rectifié le tir et changé les destins… Non, vieil homme. Non, arrache-toi de la tête cette consolation-là aussi. Dis-toi bien que, « si tu avais su » — d'ailleurs, tu savais très bien, vieil hypocrite, cesse de mentir à toi-même, tu savais très bien et tu l'as faite quand même, la connerie, et tu ne pouvais pas ne pas la faire, parce que ton envie était si forte, hein, tu te la rappelles, ton envie, vieux machin ? Mais faisons comme si — donc, si « tu avais su » et si tu avais eu la force, tu l'aurais peut-être évitée, la grosse connerie qu'aujourd'hui tu te reproches, mais ç'aurait été pour plonger aussi sec dans une autre, sa sœur jumelle, parce que telle est ta nature, tel est ton tempérament, voire dans une pire, histoire de te punir d'avoir cédé à la raison raisonneuse.

SAUVEZ LE LARZAC

C'était à Millau, non ? Tout à fait. C'était donc à Millau, ville indomptable, au pied du Larzac où paissent les moutons. Qu'étions-nous allés foutre à Millau ? Oh, c'était une manif, autour de José Bové aux fières moustaches, contre les transgéniques, peut-être bien, ou les militaires, ou ceux qui n'aiment pas les moutons, ni les moustachus, ni les sursauts d'un 68 mal tué.

Enfin, bon, on était là, toute la rédaction du journal, on avait frété un bus, si je me souviens bien j'avais fait une grande balade avec Gébé, parce que nous deux, la foule sous le soleil, on n'aimait pas tellement. Et puis il y avait eu la nuit, sur la grande — vraiment grande — place où, je suppose, on parque les moutons avant de les presser dans une grande machine pour en faire ce fromage de Roquefort que le monde nous envie. Enfin, c'est comme ça que je voyais les choses, j'aime m'instruire.

Il y avait des projecteurs, il y avait une tribune, il y avait des marchands de bière, il y avait une espèce d'esplanade en hauteur où les dessinateurs gribouillaient des cochonneries sexuelles qu'ils essayaient de rendre politiques avant de les projeter sur un écran géant grâce à un matériel prévu pour ça, afin de faire rire les Parisiens à sac de randonneur venus défendre la liberté et les droits de l'homme. Ben, et ceux du mouton ? Chaque chose en son temps. Les quelques ploucs du coin égarés en ces lieux riaient aussi, sous leur casquette, mais on voyait bien que c'était pour ne pas avoir l'air plouc.

Je m'emmerdais un peu. Je n'avais pas de discours à rugir dans le micro, pas de dessin finement allusif à projeter. J'étais la foule, quoi. Un de ses atomes.

*

J'errais parmi tous ces jeunots, m'emplissant les poumons de cette cordialité démonstrative qui fait éclore sourires et tapes dans le dos au cours de ces grandes messes où l'on est tous censés avoir au moins un point en commun. Puis, comme un poussin retournant à sa maman poule, je regagnais notre point de rassemblement, qui était l'estrade où les dessineux déconnaient du crayon.

Il y avait là, on ne pouvait pas ne pas la remarquer, une créature minuscule mais fort remuante qu'on voyait à la fois dans tous les endroits où se posait le regard.

C'était, autant que le lointain reflet des projecteurs et la vitesse de déplacement de la créature me permettaient d'en juger, un échantillon prépubère d'un sexe vaguement féminin. La chevelure, exubérante, était tantôt sombre, tantôt claire, selon qu'un éclat de lumière ou un paquet de nuit la happait. Elle semblait connaître tout le monde, tout le monde semblait la connaître. J'aurais, moi aussi, voulu voir d'un peu plus près ce farfadet joyeux.

Enfin, comme je grimpais à l'échelle, je me trouvai nez à nez avec le farfadet. Je m'étais raconté des histoires : vu de près il n'était pas tellement joyeux. C'était une petite fille noyée de larmes, pleurant à gros sanglots, hoquetant une histoire assurément navrante dont l'essentiel m'échappait, faute d'avoir entendu le début.

De l'index, je voulus lui soulever le menton pour voir son visage. Elle eut un geste rageur de la tête. Pas de contact ! Sur l'estrade, il y avait de l'ambiance. Les gars étaient inspirés, dessinaient à toute vitesse, se marraient de leurs propres blagues. Et elle, accroupie dans son coin, enfermée dans ses bras, elle pleurait. Contraste.

J'ai failli, connement, lui demander ce qui la mettait dans cet état. Et puis je n'ai rien dit. Quel que fût son malheur, c'était son malheur. À elle. Et moi j'aurais bien voulu aller rigoler avec la bande. Je lui proposai, histoire de lui donner l'occasion d'un dernier « non » qui me permettrait de prendre congé en ayant fait tout ce que j'avais pu, hein… : « Un Coca vous ferait plaisir ? », et j'attendis le « non ». Elle le dit avec ses cheveux, qu'elle secoua d'un va-et-vient véhément. Ce faisant, elle releva la tête avec ce qu'il est convenu de dénommer « un pâle sourire ». Et je la reconnus.

Ce petit visage pointu barbouillé de larmes et de morve… À ce propos, qu'on me pardonne la parenthèse, je voudrais bien savoir pourquoi, lorsqu'un littérateur évoque un grand chagrin, il s'étend complaisamment sur l'abondance des larmes tout en évitant soigneusement de faire la moindre allusion aux stalactites (ou mites ?) de morve qui toujours accompagnent les larmes, et en bien plus grande quantité. Reprenons notre récit.

Et je la reconnus. Il n'était alors pas barbouillé de larmes ni de quoi que ce fût, le petit visage aigu. Il souriait de l'autre côté de la table, entre deux piles de je ne sais plus trop quoi, *Les Yeux plus grands que le ventre*, peut-être bien. C'était à Saint-Étienne, une des deux capitales autoproclamées du Livre, objet sacré de la Culture et espoir des budgets municipaux hasardeux, l'autre étant Brive-la-Gaillarde chère à Brassens.

*

À Saint-Étienne, donc. Un paquet d'années plus tôt.

Elle paraissait douze ans. Elle en avait dix-huit. Elle avait tout lu, tout. Tout ce que j'avais écrit, je veux dire. Et qu'importe le reste ? Vous avez déjà vu la binette d'un auteur à qui une femme dit ça ? Mais c'est qu'on s'y croit, savez-vous bien ? Essaie donc de ne pas l'allumer sur ta figure, ton soleil ! Et qui te récite des pages par cœur ! Et qui t'engueule et te reproche d'avoir tué le lapin, mais enfin puisque tu n'as pas pu le manger, elle te pardonne. Et qui t'inquisitionne : Avez-vous cherché Maria vraiment à fond ? Tout à fait à fond ? Et qui ne te demande pas quel sera ton prochain livre, mais te dit : « Écrivez-le vite ! » Dix-huit ans...

Un triangle : les deux pommettes et le menton. Équilatéral, si ça se trouve. Et des yeux... Tiens, au fait, de quelle couleur, ses yeux ? Je ne fais jamais attention à la couleur des yeux, personne n'y fait attention, pure blague de romancier. Sauf s'ils sont bleus, parce que alors ils vous sautent dessus, le bleu c'est pas humain, ça jure dans la foule. Ah si, tiens, ça me revient ! Je les vois, là, vifs comme des chiots, de la couleur de ces cailloux...

Onyx, voilà. Pas vraiment une couleur, une lactescence, mot savant.

Un mètre virgule cinquante-cinq dans le sens de la longueur. Sûrement pas plus de quarante-cinq kilos. Intelligente ? Méfiance. Rien de plus facile que de donner le change. Gros comme un petit pois, avec ça tu te fais passer pour un génie. Pas longtemps, mais le mal est fait, la proie éblouie, enchaînée. L'esprit vif, ça… Avant même que tu commences ta phrase, elle a compris où tu l'emmènes, la termine à ta place, te laisse le bec ouvert. Conversation difficile, tu te traînes loin à la queue.

Pas que l'esprit. Tout est vif, expressions, gestes, décisions. T'apporte le truc avant que tu l'aies demandé. Jolie ? Parmi les autres visages, celui qu'on voit. Rieuse, enjouée, pas séductrice dragueuse, ou alors c'est tellement bien fait… Méfie-toi des moues d'enfant prolongé.

Irradiant d'admiration. Devrais-je écrire « dévotion » ? Le vieil homme, tout meurtri des coups de pied dans la gueule que, marâtre généreuse, lui prodigua la vie, ose y croire. Se laisse aller. Bien sûr, pas à une idylle, liberté des mœurs ou pas, quarante-cinq ans de différence font le fossé hors de toutes mesures, la fillette fraîche éclose à un bord, l'échappé d'asile bavant à l'autre. C'est quand même flatteur, même s'il ne s'agit que d'un emballement de fan qui aurait pu se fixer sur un footballeur ou un acteur, un peu plus relevé dans son cas parce que le scorpion de la lecture l'a mordue étant petite.

Et bon. Je prends ce qu'il y a de bon à prendre. Me laisse encenser. Fais la roue… Vieux con ! Je me vois faire, savez-vous, et me juge, et sais ce qu'en vaut l'aune. Pas une raison pour s'en priver. Quelques instants furtifs chaque année, grappillés dans les interstices de la foule.

Car on est là pour signer, pas — pas seulement ! — pour jouer les jeunes prodiges ou les tombeurs aux tempes blanches. La table est entre nous, les piles de bouquins font rempart. Danielle, l'accompagnatrice, se marre. Je rougis.

Et donc d'une fête du livre stéphanoise à l'autre, je reçois quelques billets griffonnés à la hâte, plutôt des stimulations que des cris d'extase. Elle encourage son cheval favori. Parfois, un dessin, découpé dans *Hara Kiri* — du temps où je dessinais encore —, avec commentaires flatteurs ou bulles parlantes. Idylle quand même, sur le plan intello, disons. Héloïse et Abélard. Plus platonique que moi… M'en fous. Tout est bon à prendre.

Puis le temps passe, je délaisse Saint-Étienne. L'oubli.

Et voilà que je la retrouve, mon admiratrice, en plein causse, agrippée à cette échelle, le nez barbouillé de haut chagrin.

BOLL ET RABELAIS

J'ai eu du pot. Écoutez ça. Je suis né à Nogent-sur-Marne, petite ville assez secrète du pourtour de Paris, collée au bois de Vincennes d'un côté, à la boucle de la Marne par un autre, s'étant elle-même bricolé une réputation de village-guinguette presque entièrement bidon. Les caboulots et bals musettes fleurissent plutôt en face, à Champigny, sur l'autre rive de la Marne. Nogent a d'autres titres à mon amour filial.

Quand je dis que j'y suis né, j'élague un peu. En fait, maman est allée me mettre au monde à la maternité de l'hôpital Cochin, si bien que ma carte d'identité porte : « Né à Paris, XIVe ». Mais dès le surlendemain elle avait réintégré le petit deux-pièces de la rue Sainte-Anne, à Nogent.

J'ai eu du pot. Il se trouve que — va savoir d'où ça m'est venu ! — j'ai tout de suite pris goût à l'école et aux choses qu'on y enseignait. Ça m'amusait, m'était jeu proposé. Tout en galopinant par les rues assoupies du vieux Nogent avec les autres graines de Ritals, je nourrissais d'emprunts à la bibliothèque municipale une ogresque frénésie de lecture.

Si loin que je me souvienne, j'ai toujours eu envie, besoin, de rigoler. Rire et faire rire. Mon enfance et mon adolescence ont été empoisonnées par cette tendance à voir la cocasserie dans les choses les plus graves. Je dis « empoisonnées » parce que cette démangeaison des zygomatiques m'a valu je ne sais combien d'heures de retenue ainsi que la mise à l'index par les instits et les profs qui inscrivaient immanquablement sur mon livret scolaire : « Élève doué mais dissipé. » Ou : « Bavard. Fait le clown. Les résultats s'en ressentent. » On peut résumer cela par ce constat : premier de la classe et zéro de conduite. Car, en dépit de l'animosité du corps enseignant qui déplorait l'injustice des choses, j'étais premier la plupart du temps.

J'étais un enfant curieux. Je voulais tout savoir, tout comprendre. Entre autres, les mystères du sexe. Que nous nommions le cul, mot généreux qui contient l'ensemble de ces fabuleuses régions. Surtout les féminines, où il se passe des choses dégueulasses. Encore un mot d'une belle santé. « T'es dégueulasse ! » disait-on, admiratifs, au gars qui venait d'en raconter une salée.

Très tôt, longtemps avant l'éveil des sens, j'étais fasciné par ce qui se tapit sous les jupes des femmes. Je dis bien les femmes, les femmes dans la splendeur de leurs promesses tenues, pas les petites filles. Sommes-nous donc obscurément orientés vers ce qui touche à la reproduction bien avant que l'instinct copulatoire nous soit venu ? Pantins de nous…

Si le goût du tabou transgressé et celui de la rigolade excitaient mon désir de m'instruire en ces matières maudites, ma curiosité cependant ne s'arrêtait pas là. Tout me passionnait, tout était pour moi objet de pourquoi et de comment. Ce qu'on m'apprenait à l'école, ce qu'on m'apprenait au catéchisme. L'instituteur disait comment, l'abbé disait pourquoi. En dernier ressort, Dieu expliquait tout. La totalité des choses tenait ensemble comme une belle mécanique, notre vie avait un but. Pourquoi Dieu avait-il fait aussi compliqué quand il eût pu faire simple ? Eh bien, tout simplement pour nous donner le plaisir de chercher et de trouver.

L'abbé, sans le savoir, ouvrait mon imagination à des visions grandioses. Je me souviens encore très bien — je le vois, je l'entends ! — du jeudi où il nous révéla que tout, absolument tout, était créé par Dieu, même ce qui n'existait pas encore. Avant qu'un homme n'inventât la chaise, l'idée de chaise existait dans l'esprit de Dieu. Toutes ces chaises attendant d'être créées — ou plutôt matérialisées — parmi les milliards de milliards d'autres objets non encore existants... Comment mieux faire comprendre l'idée d'abstraction ?

Je fis ma première communion dans un état d'exaltation quasi mystique. J'avais Dieu en moi ! L'hostie était pour moi tout ce qu'elle prétend être. Je ne comprenais pas que mes copains, sans prendre la chose à la blague, ne ressentaient pas l'immensité de l'événement. C'est la puissance même de ma foi, son besoin intransigeant de cohérence et de clarté, qui, en même temps que la puberté bouleversait mon corps, me poussa à remettre en question le bel édifice devenu soudain branlant.

Il y avait au patronage une petite bibliothèque que j'eus vite fait de dévorer. J'y fis la découverte des bouquins de l'abbé Moreux, authentique astronome et vulgarisateur, *D'où venons-nous ?*, *Où allons-nous ?*, censés répondre chrétiennement aux questions que posaient leurs titres. Du moins ne trichaient-ils pas quant au fonctionnement de l'Univers et aux hypothèses sur son évolution. Passionnant. Ça m'a donné l'envie d'en savoir davantage.

Ici prend place mon second coup de pot. Nogent-sur-Marne avait pour maire un certain Pierre Champion, de l'académie Goncourt, historien passionné du règne de Charles VII, actif propagandiste de la culture populaire dans sa commune. En fouillant dans les rayons de la somptueuse bibliothèque municipale, je découvris les ouvrages de Marcel Boll, mathématicien et physicien, encore un ardent vulgarisateur universel. Rationaliste intransigeant, il rejetait toute religion comme tout acte de foi, tout abandon de l'esprit critique. J'ai lu et relu — il m'arrive de l'ouvrir encore — sa prodigieuse *Éducation du jugement*, clef de voûte de son œuvre. Je lui dois énormément[1]. L'accès à la science active m'est fermé, faute de formation mathématique, je ne suis donc qu'un « spectateur » de la science. Du moins puis-je suivre un raisonnement et me méfier des chausse-trapes que nous tendent la passion, la peur, la foi, le mensonge, l'intérêt…

C'est aussi à cette époque que je découvris Rabelais, à l'étalage d'un marchand ambulant. Trois volumes d'une édition très populaire, paradoxalement dans le texte d'époque et sans coupure. J'avais connaissance de Rabelais par Monsieur Portalier, notre prof de français en même temps que d'histoire, un colosse roux tonitruant, terriblement attachant, qui nous commentait Rabelais

1. J'ai eu le bonheur de le lui dire. Il a bien voulu collaborer à *Hara Kiri*, que nous venions de lancer, Choron et moi.

en arpentant la classe et moulinant des bras. Il s'arrêtait toujours juste avant les passages scabreux, bien à regret, nous engueulant parce que notre jeune âge l'obligeait à sucrer le meilleur. Je découvris tout à la fois l'énorme, le splendide, l'incomparable Rabelais et ma facilité à lire le français du XVIe siècle — qui n'est déjà plus du «vieux» français. L'attrait des formidables polissonneries pleines de sagesse m'aida puissamment à leur déchiffrement.

Hugo, Balzac, Zola, Dickens, Tolstoï et tant d'autres m'emplissent tête et cœur, mais ce que je suis, je le dois avant tout à Marcel Boll et à Rabelais.

LE MUR

Les Allemands sont stupéfiants. Chez eux, jamais rien ne tourne à la pagaille. Deux heures après la fin du plus terrifiant bombardement, les décombres sont alignés bien propres au milieu de la chaussée, les habitants, désormais sinistrés et jetés à la rue, font bien sagement la queue autour d'une place, d'un jardin public, de tout lieu suffisamment vaste pour qu'une queue puisse s'y mouler. L'universelle gamelle émaillée réglementaire marron-caca-vilain natsional-zotsialist sous le bras, ils attendent, sans s'énerver, la distribution de la soupe. Ils ont inventé ça : l'attente de la soupe comme remède à la stupeur horrifiée de l'instant aussi bien qu'à l'angoisse du lendemain.

Il faut reconnaître, c'est de la bonne soupe. La soupe allemande de guerre, partout la même, patates et je ne sais quels légumes, avec petits lambeaux de je ne sais quelle barbaque qui nagent entre deux eaux, et des yeux en surface. Des yeux, ça veut dire du gras. Douceur. Grand-mère. Ça sent bon, ça sent la soupe, la vraie soupe, odeur magique qui n'atteint vraiment la plénitude de ses vertus consolatrices qu'en terre germanique en temps de désastre. Jusqu'au fin bout de la queue la bonne odeur vous prend dans ses bras, vous berce, vous fait régresser petit enfant qui a perdu sa maman mais ne se rend pas encore compte de l'énormité de la catastrophe et attend sagement la soupe, comme le lui a dit la dame, le pouce dans la bouche.

Nous autres, les morfaloux, la pelle ou la pioche ostensiblement sur l'épaule, dès qu'une queue pour la soupe se pointe à l'horizon nous nous y incrustons, cuillère au poing — poing caché sous la loque, nous étions censés laper à même l'écuelle —, sous le bras n'importe quoi de creux pouvant contenir son litre de soupe. On nous servait généreusement, avec en prime les yeux embués de gratitude de la brave femme à la louche derrière sa cuisine roulante. Nous étions quelque chose comme des héros, quel dommage, pourquoi n'étions-nous pas des Allemands ?

Les commandos de prisonniers de guerre russes, qui, eux, abattaient sans tricher un travail énorme et sauvaient des vies allemandes, n'inspiraient aucune sympathie, pas la moindre reconnaissance. Ces géants débonnaires et faméliques faisaient peur, même enchaînés. Nous étions les petits *Franzosen* futiles et rigolards. Ils étaient l'avant-goût du rouleau compresseur.

Nous formions un groupe d'une douzaine d'arsouilles, un peu plus, un peu moins, ça dépendait de la demande et donc de l'intensité du bombardement. Tous résidus d'usine, rusées feignasses ou têtes de pioche indomptables, échappés de justesse à l'*Arbeitslag*, grâces en soient rendues à l'acharnement anglo-américain pour s'être juré de ne laisser pierre sur pierre de Berlin l'arrogante.

Chaque entreprise locale, sommée par une municipalité dépassée par l'ampleur du désastre de fournir un contingent de déblayeurs pour aider à extraire de sous les amas de briques hérissés de poutres qui furent des immeubles pansus les corps morts ou pas tout à fait de leurs ci-devant occupants, en avait profité pour se débarrasser de la racaille improductive en la versant dans ce service hautement civique.

Nos deux gardes-chiourme ne laissaient pas passer leur tour. Ils étaient débonnaires, se donnaient l'air vaguement complices — de quoi ? — mais ce qu'ils avaient au poing, c'était un putain de fusil, ce qui leur pendait au côté, c'était une baïonnette. Et nous savions très bien qu'ils n'hésiteraient pas une seconde, ces deux faux culs, à nous balancer dans la tripaille la quantité de ferraille adéquate au moindre signe de tentative d'évasion ou de conciliabule suspect.

Eux-mêmes tremblaient presque visiblement lorsque les balayait le regard de suprême mépris des SA, les grandes gueules casseurs de boutiquiers juifs qui portèrent Adolf au pouvoir. Désormais vieux sacs à bière, gueule couperosée, bide les précédant comme dans une brouette, bottes de cuir noir bien astiqué, étui du pistolet en évidence, ces vieux cons malfaisants, rendus enragés par la déculottée maintenant certaine et les représailles consécutives, puaient la haine et cherchaient à mal faire. Ils donnaient des ordres dérisoires aux pompiers, aux troufions de corvée, qui haussaient les épaules. Ils se tenaient à l'écart des officiers.

Un type, l'air important, manteau de cuir noir jusqu'aux pieds, chapeau assorti, fait signe à Pépère — c'est ainsi que nous l'appelons, quand ils sont deux, l'autre c'est Mémère — de venir le rejoindre. « Mauvais, ça, dit René la Feignasse, ça sent la corvée de cons. »

Effectivement Pépère salue, claque des talons et revient vers nous, le front soucieux. Il ne parle pas un mot de français, nous à peine trois d'allemand en mettant tout notre vocabulaire en commun. Viktor, le Polak fou, se débrouille en chleuh, mais en français, que dalle. On discute pas mal pour savoir où l'on va et ce qu'on va y foutre, Viktor rit comme un con, fait des gestes qui, à coup sûr, veulent dire quelque chose, mais ce quelque chose nous passe par-dessus la tête. L'homme-cylindre-de-cuir-avec-chapeau gueule des choses violentes. Pépère salue, claque des talons, gueule à notre égard des choses servilement insultantes qu'il conclut d'un de ces signes du bras qui, en toutes les langues, veulent dire : « Par là ! »

On se traîne par là. Pépère aimerait qu'on marche au pas cadencé, en rang par deux, pelles et pioches bien parallèles sur les épaules, comme dans les films sur la Hitlerjugend. Mais va te faire foutre ! Il a honte, lui, sous-officier de l'armée allemande, d'être vu à la tête de ce ramassis de traîne-la-patte, de ce paquet de loques à coup sûr grouillant de vermine exotique.

Nous y voilà. C'était une belle avenue. Une avenue riche de quartier riche. Charlottenburg, par là. Racée. Elle est tellement large, l'avenue, que les gravats ne la recouvrent pas, ne dépassent pas le bord des trottoirs. La chaussée file tout droit entre deux champs de ruines scintillant au soleil. Curieux comme ces immeubles monumentaux tiennent peu de place, une fois par terre. Pas de cris, pas de gémissements, pas de femmes s'arrachant les cheveux. Le boulot a été fait, les blessés extirpés, même les macchabées ont été expédiés va savoir où.

Ça devait être un quartier de dignitaires, de gros bonnets du Parti.

À un endroit, derrière le souvenir des immeubles massifs à cariatides qui bordaient l'avenue, voilà que se découvrent de pimpantes habitations, des villas avec parc, tout un charmant village pour milliardaires. Intact, ou presque. Les immeubles ont fait bouclier. On admire. On se dit que, demain, les fantassins de l'Armée rouge vont chier partout, vider les caves prestigieuses… On glose sur le thème, pas trop fort, les ruines ont des oreilles.

Pépère lève le bras. On s'arrête. Voilà l'affaire. Caprice d'une bombe facétieuse. Le mur de pignon d'un des immeubles massacrés est resté debout. Tout seul. Va savoir par quel miracle. Il fait bien ses quatre étages de haut et — je te jure ! — ondule dans la brise. L'impression que tu souffles dessus, il tombe. Mais justement ! Il ne faut pas qu'il tombe. Enfin, pas comme ça, pas à sa fantaisie ou à celle du vent. Il y a, juste derrière, une belle villa avec parc, statues et balançoire pour les mômes qui le prendrait de plein fouet, et ce serait bien dommage… C'est-à-dire, nous, on s'en fout, Pépère a beau mimer la désolation, on se dit que, si c'est Goebbels ou Goering qui habite là, on se fera une raison. En attendant, ainsi que nous l'explique Pépère à travers Viktor et beaucoup de gesticulations, il faut empêcher ce mur de tomber dans la mauvaise direction, et pour cela le faire tomber dans la bonne, celle où gisent déjà ses copains des beaux immeubles.

D'accord. Compris. Et comment le faire tomber, ce mur ? Ça, Cylindre-de-Cuir ne l'a pas dit. Pépère, par gestes, suggère de pousser le haut du mur avec une perche.

René la Feignasse se récrie : « Ça va pas ? Et où que tu trouves des perches de douze mètres, toi ? » J'aurais bien répliqué : « Chez les maçons », mais je ferme ma gueule. On discutait le coup, le cul dans les gravats.

— Fonch…, commença René la Feignasse.

C'est à ce moment précis où René la Feignasse, ayant donné l'envol à la syllabe « Fonch… », si glorieuse de son diphtongue, avançait les lèvres pour moduler la syllabe suivante, laquelle attaquait crânement par un *i* mouillant — pour ne rien vous cacher le *i* de « ier », la phrase « Font chier ! » expulsée à cadence périodique signalant de loin la présence dudit René et constituant, par voie de conséquence, le seul fragment de notre belle langue française qu'ait pu retenir Viktor le Polak fou au point d'en abuser —, c'est à ce moment précis, donc, que m'atterrit sur la joue gauche une gifle, mais alors la plus formidable gifle dont j'aurais jamais osé rêver — si toutefois rêver de gifles avait fait partie de mes ambitions.

La suite commence avec mon retour à la vie, tout au moins à la vie consciente. Car, mais oui, je m'étais évanoui. On m'expliqua. Une bombe retardataire — fortuitement ou vicieusement, dans ce dernier cas on eût dit « à retardement », ce qui est très vilain mais couramment fabriqué et largué sans problème de conscience (un jour, je vous raconterai la bombe prévue pour éclater seulement au sixième impact, c'est-à-dire dans la cave où toutes les familles sont terrées : les murs semblaient avoir été tartinés à la sauce tomate) — et donc cette bombe s'était réveillée, assez loin de nous, heureusement, pas assez, cependant, pour m'éviter de recevoir en pleine poire une caisse de munitions pour la Flak, la défense antiaérienne, caisse vide qui n'aurait pas dû traîner par là, décidément la Wehrmacht n'était plus ce qu'elle était… Le souffle de la bombe primesautière l'avait cueillie et projetée contre ma joue, bien à plat. Ç'aurait pu être pire, me défoncer la gueule avec un coin, par exemple, ces vacheries de coins blindés d'acier…

Que faisais-je en ce lieu à l'écart des autres ? Eh bien, j'avais vu, figurez-vous, un petit escargot jaune avec une spirale noire grimper sur un pissenlit. Un pissenlit, parfaitement. Là où, la veille encore… La nature reprend toujours ses droits, il a bien raison de dire ça, le poète. Et ce n'était même pas la saison… Enfin, bon, j'étais à quatre pattes, ça m'a fait moins haut à tomber.

*

Ils étaient tous penchés sur moi, en rond. Quand j'ai ouvert les yeux, ils ont fait, bien ensemble, un grand « ah ! » avec prolongations, comme à l'école quand le maître allume la lumière. Je ne comprenais pas ce que je foutais là, allongé dans les gravats, alors ils m'ont expliqué. Moi, va savoir quelle idée, je cherchais le mur. Plus de mur. J'ai demandé :

— Alors, ça y est, vous l'avez mis en l'air, ce putain de mur ? Vous auriez pu m'attendre, j'aurais voulu voir ça.

— Le mur ? Il s'est envoyé en l'air tout seul, le mur. Enfin, la bombe l'a soufflé. Heureusement, on n'était pas dessous.

Je regardais la caisse. Elle était trapue, faite de bois épais, peinte en verdâtre comme tout ce qui touchait à la Wehrmacht, avec WH en blanc, au pochoir, et des numéros qui devaient signifier quelque chose d'important du point de vue militaire. Désormais, dans ma vie, dans les souvenirs qui font une vie, il y aurait cette caisse. À tout jamais. Et merde.

J'avais mal. Cette espèce de brûlure que font les gifles, mais en beaucoup plus fort. L'impression d'avoir les gencives à l'air, avec mes dents bien alignées au soleil. Comme si cette caisse m'avait râpé jusqu'à l'os. J'ai porté la main sur l'endroit, avec l'horreur de vraiment trouver ÇA sous mes doigts. J'ai trouvé une bosse. Une bosse mahousse, toute la joue enfouie dedans, dans cette bosse horrible, et mon œil… Ben, d'œil, j'en avais plus, de ce côté-là. Bouffé par la bosse. Elle avait posé son gros cul sur mon œil et il était quelque part là-dessous, écrasé comme un œuf, une flaque de gluant dégueulasse.

Paulo me tendait un petit miroir de poche, un ovale avec au dos la fille à poil. Il était coquet, Paulo. Je me foutais de sa gueule.

— Surtout pas ! gueula le tout petit prisonnier de guerre français dont on n'a jamais bien su le nom.

Et il avança la main pour intercepter le miroir. Mais ma main avait été plus rapide. Maintenant, je tenais le miroir bien serré dans mon poing. Seulement, je n'osais pas regarder. Ce con de petit soldat m'avait foutu les jetons. Et d'un seul coup, comme on arrache un pansement, je me suis regardé, bien en face.

J'ai failli retourner dans les pommes. Ma figure avait l'air d'un infime détail, d'un vilain bouton poussé sur le côté de cette insolente masse de viande qui continuait à enfler et, en même temps, bleuissait. Effectivement, l'œil était repoussé va savoir où. Un filet de sang sale suintait de je ne sais quels replis, de je ne sais quelles profondeurs. Et la douleur montait. La vraie, cette fois, celle qui te fait comprendre que c'est du sérieux.

— Ouais, hein ? dit René la Feignasse, plein de compassion.

Il ajouta : « Tu te rends compte que ç'aurait pu être moi ? »

— Heureusement, ce n'est que moi.

Où trouvai-je la force de lui sortir ce trait d'ironie grimaçante ?

— Oui, hein ? Le vrai coup de pot.

Heureux les imperméables à l'ironie, le royaume des cieux est à eux, et aussi celui d'ici-bas, par-dessus le marché.

Pépère compatit. Mais enfin, il était responsable de son matériel « hommes » et mon imprudence avait bien failli lui coûter une unité de travail à lui confiée en état de marche. Paulo s'indignait :

— Mais enfin, il y a bien un médecin, parmi tous ces pompiers ! Tu vas pas rester comme ça ! T'as sûrement quelque chose de cassé. Ton œil, il pourrait bien être foutu, ton œil…

Pépère n'était pas chaud. Il suggérait que le mieux était que j'aille voir l'infirmière du camp dès que nous serions rentrés, c'est-à-dire à la nuit close. J'étais d'accord. Je ne tenais pas du tout à me retrouver au diable, dans quelque hôpital perdu — le meilleur des cas —, mais peut-être aussi enchaîné sur un lit de paille pourrie dans un *Arbeitslag* si Pépère, pour se défausser, m'accusait d'indiscipline, voire de sabotage par recherche de la blessure volontaire, chose qui avait failli une fois déjà m'advenir quand je m'étais fait écraser le doigt par la presse. Le grand chambard tirait sur sa fin, ce n'était pas le moment d'être séparé de Maria.

En attendant, j'avais un mal de chien. Je faisais semblant de remuer les gravats, les autres me cachaient autant qu'il était possible de le faire, repérant les gros cons à croix gammée qui rôdaient, cherchant une victime. Le mur était tombé de façon telle que ses débris avaient envahi la chaussée, interdisant la circulation des voitures des pompiers et des ambulances, ce qui nous assurait quelques heures de déblayage mou, notre spécialité.

L'interminable journée touchait à sa fin. Nous devions impérativement être rentrés au camp avant la nuit. Pépère siffla le rassemblement.

La grande paix du soir descendait sur les ruines. Les espiègles jets d'eau ne bondissaient plus en gracieuses ombrelles des tuyaux crevés : les gens qu'il fallait avaient coupé ce qu'il fallait couper. Un fumet ténu de gibier avancé venait par bouffées nous agacer la narine.

— Il y en a encore, là-dessous, dit René la Feignasse.

*

Je n'ai pas perdu l'œil. J'ai perdu l'oreille. Je ne m'en suis pas rendu compte tout de suite. Longtemps après que l'enflure eut disparu, nous étions alors en arrière du front de Poméranie, devant Stettin, où nous appliquions la technique du déblayage mou à creuser des fossés antichars le long des lignes russes. Je pris conscience que j'entendais fort mal un interlocuteur situé à ma gauche. Rentré en France, le verdict tomba : « À la suite du traumatisme, vous avez probablement fait un léger incident méningé, qui a évolué spontanément vers la guérison, mais le nerf auditif a été partiellement détruit et à cela nous ne pouvons rien. »

Et voilà comment j'ai perdu mon oreille.

CHORON

J'aurais pu ne pas rencontrer Choron. J'aurais pu. Et tout aurait été différent. Pour moi, pour lui. Aussi pour quelques autres.

Je dessinais. Pour les journaux. Il colportait. Des journaux. Je m'étais vite lié d'amitié avec ce baroudeur. Je dessinais des médiocrités pour des journaux médiocres. Je voulais m'arracher à cela. Je rêvais d'un « chouette beau journal » voué à l'humour tel que je le concevais : énorme, vachard, fin comme l'ambre et dur comme l'enclume, sans état d'âme comme sans concession… Je rêvais. Il était entré dans mon rêve. Le soir, après la petite fête de la rentrée des colporteurs, nous parlions. Nous rêvions ensemble. J'abrège. Un jour, nous nous sommes lancés. Le chouette beau journal, nous l'avons fait.

Ce furent des années terribles. Le succès aurait pu ne pas venir. Il est venu. Je mesure combien, là encore, j'ai eu du pot. Dès les premiers numéros, des talents de toute première force étaient accourus.

Des gars qu'on n'avait jamais vus. Où se cachaient ces géants ? De quels trous à rats sortaient-ils ? Les Cabu, les Gébé, les Wolinski, les Reiser, les Fournier... Tous ces méprisés de l'« humour » imbécile où pataugeait la « grande » presse, tous ces bouillonnants repliés sur leurs chefs-d'œuvre impubliés.

J'avais un frangin. Il s'appelait Fred. Raccourci de Frédéric-Othon Aristidès. Grec comme j'étais rital. Naturellement, il fut de l'aventure. Pendant plusieurs années les couvertures de *Hara Kiri* furent de sa patte. Et puis, un jour de vaches maigres, il eut avec Choron une prise de bec qui tourna mal. Fred claqua la porte pour ne plus revenir. Dommage pour la bande. Pour lui, une grandiose carrière dans la B.D. démarrait. Son dessin, qui peut être somptueux ou intimiste, son humour déconcertant ont imposé une personnalité résolument hors normes.

Il y eut *Hara Kiri*, il y eut *Charlie Hebdo*, il y eut des hauts, il y eut des bas, la bande resta soudée. J'avais dû, écrasé par la quantité de travail, quand le succès de *Charlie Hebdo* sembla assuré, me dessaisir de la rédaction en chef de *Hara Kiri*. Je l'avais confiée à Gébé comme à celui qui me paraissait le plus qualifié pour cette tâche. Gébé avait effectivement les qualités, l'enthousiasme et surtout la capacité de travail qu'il y fallait. Il avait aussi une faiblesse de caractère qui ne put s'opposer à ce que j'appellerai l'« invasion choronienne ».

Choron, à côté de ses fonctions d'administrateur, s'était très vite mêlé au travail rédactionnel. J'ai vu s'affirmer un trouveur d'idées à l'humour délirant. Cet esprit fruste, gâté par un militarisme de sous-off de la coloniale, se dépliait, s'épanouissait, osait. Animateur brouillon mais fougueux, aussi souvent emmerdant que stimulant, il pondait, parmi un monceau de conneries, soudain le truc qui nous mettait tous d'accord dans un hurlement de rire.

Comme tous les tempéraments conquérants, il aurait voulu avoir tout fait, tout conçu. L'équipe, à peu de chose près, était telle qu'au début, sous mon « autorité » — appelons ça comme ça — reconnue sans heurts par tous. Choron n'attaqua pas la citadelle. Il s'en garda bien.

Je donnais alors tout mon temps à *Charlie Hebdo,* me contentant de collaborer à *Hara Kiri* par des pages variées, texte et dessins (exemple : « L'Aurore de l'Humanité »). Ayant refilé le mensuel à Gébé, je ne me mêlais pas des pages autres que les miennes. La tactique Choron de prise du pouvoir consista à introduire dans *Hara Kiri* des dessinateurs et des écriveurs choisis par lui, rencontrés au cours de beuveries ou je ne sais trop où. Des gars de valeur, d'ailleurs. Il avait du flair. Même des champions : Gourio, Berroyer, Vuillemin... Des gars avec qui j'aurais bien voulu travailler. Mais voilà ! Choron se les gardait sous le coude. Organisait des réunions de travail quasi secrètes, en tout cas où je n'étais pas invité, desquelles je n'étais même pas au courant. Gébé, je l'ai dit, ne faisait pas le poids, se laissait doucement mettre au rancart.

C'est ainsi que, peu à peu, *Hara Kiri* passa pratiquement sous la seule poigne de Choron. Si, parmi les nouveaux collaborateurs, il y avait des talents de première force, il y avait aussi, hélas, pas mal de déchet. Des types qui, picolant avec Choron, flattaient ses tendances fâcheuses, et l'on vit peu à peu le cul envahir les pages. Je n'ai rien contre la présence du cul et de ses banlieues, pourvu que ce soit réussi. Salace, pourquoi pas, mais surtout drôle. Or, personne ne l'a encore dit, pendant les toutes dernières années du mensuel, le cul s'y étalait non plus comme une parodie de la connerie, mais bel et bien en tant que connerie au premier degré, triomphale, fière d'elle-même. Le sous-off de la coloniale était là, avec son gros cul et son nez rouge.

J'avais trop de boulot pour me soucier de ces révolutions de palais. J'avais tort. Car Choron s'éloignait de moi. Sans doute, maintenant qu'il volait de ses propres ailes, me trouvait-il emmerdant — « meurtre du père » ! —, mon humour trop « intellec » — c'est lui qui parle... J'aurais bien aimé travailler avec des Berroyer, des Gourio... Je les ai à peine connus, je le regrette. C'était le jardin secret de Choron.

Attention ! Je ne retire pas son esprit créateur à Choron. Il a produit des chansons, des poèmes, des « jeux de cons » et des tas d'excellentes choses d'un humour « décapant » comme on dit chez *Le Figaro*. Je déplore son éloignement, car je l'aimais.

UN OCTOGÉNAIRE PLANTAIT

Je ne suis pas riche. Je ne me plains pas. C'est-à-dire, je ne me plaignais pas. J'ai toujours vécu comme l'oiseau sur la branche. Il y eut des périodes dures, très dures, par exemple quand Choron ne pouvait pas nous payer, et c'était la plupart du temps. J'avais une confiance solide en ma capacité de travail, je savais que je trouverais toujours des bricoles, des « ménages » en cas de besoin vraiment pressant. Choron nous refilait des fiches de paie bidon, les cotisations n'étaient pas payées, la retraite était loin et je ne voulais pas y penser. J'avais la chance d'avoir un métier fantastique, je travaillerais jusqu'au bout. Ça tombait bien : je bossais dans l'enthousiasme, pas de raison que ça s'arrête ni, par conséquent, qu'on crève de faim, Tita, les gosses, les chiens, les chats et moi. C'était un peu simplet, comme vision d'avenir. Ça me semblait imparable.

Quatre-vingts. Quatre-vingts berges. La grande charnière. Peut-être quatre-vingt-deux ou trois. Entrée furtive de mademoiselle Parkinson dans ma vie.

Furtive pas longtemps. Quand je pris conscience que c'était elle qui serrait ma main droite dans ses petits doigts glacés, ses petits doigts d'os, et qui interdisait à cette main de m'obéir, quand je compris que c'en était fini de ma grande belle écriture sauvage, quand j'en vins enfin à comprendre que ma vie basculait cul par-dessus tête, je ne sais pas si mes cheveux se dressèrent sur mon crâne, mais s'ils ne le firent pas là ils ne le feront jamais.

*

Ne plus écrire... On me dit : « L'ordinateur. Traitement de texte. Tu tapes, tu mets ton texte en page, un velours. » Je n'ai jamais approché d'une simple machine à écrire. Il y a des réflexes à acquérir, ou alors d'un doigt, comme les gendarmes ? J'ai essayé. Ragé. J'allais quand même plus vite — mais en en bavant — avec ma patte folle. On me dit : « Dicte. » Ça ne marche pas, pas avec moi. Besoin des doigts, de raturer, de surcharger, de me battre avec le papier, avec l'idée, au rythme de mon exaltation. J'écris avec tout mon corps, tête, ventre, pieds et cul compris. Une locomotive. Une fois lancé...

Il ne me restait qu'à me colleter yeux dans les yeux avec l'autre salope. J'ai bien cru que je n'y arriverais jamais. J'y suis arrivé. Des mois de bagarre. Ma main avait pris le parti de l'ennemie. M'en voulait personnellement. De la haine ingénieuse. Inventait des tours de con. Il m'a fallu la dompter comme le cow-boy son mustang. Mais je l'ai eue, la salope. Oh, ce n'est pas mon écriture d'avant. Il faut déchiffrer. Et m'aimer beaucoup.

Ce que vous lisez en ce moment est passé par ce stade-là. Mais la vacherie évolue. Dernière trouvaille : mon écriture rétrécit. Je dois être vigilant pour qu'elle ne devienne pas microscopique. C'est, paraît-il, classique. Quel remède ? Être vigilant. Merci.

*

Je commencerais volontiers ce paragraphe par cet aphorisme bien scandé : « Un malheur n'arrive jamais seul », mais il est déjà pris et, comme je ne trouve rien d'aussi approprié à la situation, vous vous passerez d'aphorisme. Tout de suite dans le sujet, au galop.

Une soudaine et violente douleur dans le bas du dos, urgences, verdict : rupture de deux vertèbres. Ostéoporose. Rien n'y fait. La douleur s'installe, souveraine, rayonnante de méchanceté, et ne s'en va plus. Dès les premiers pas, elle mord. Je dois réduire la marche au strict indispensable, et ne pas oublier ma canne. Fini d'arpenter Paris à grandes foulées gourmandes. Le monde rétrécit.

D'autres petites misères me tombent dessus à la queue leu leu. Prennent racine. Je vous en épargne le défilé. Je dresse un bref bilan. Dont il ressort que mon éclatante confiance en moi, en mon corps, en mes sens, en mon jugement, en a pris un sérieux coup. « Un octogénaire plantait », écrivait La Fontaine. J'étais cet octogénaire, cet homme sans âge. Octogénaire, je le suis plus encore, quatre-vingt-sept exactement. Mais je ne planterai plus.

SAUVEZ LA RÉPUBLIQUE

J'ai un peu brûlé les étapes. Je veux parler de la Cosette enthousiaste de Saint-Étienne, retrouvée en larmes à Millau. Ça ne s'est pas fait tout de suite. On n'est pas devenus copains comme ça, du jour au lendemain. Je l'ai laissée, si je me souviens bien, accropetonnée en haut de cette échelle, marinant à gros sanglots dans un désespoir compliqué que j'avais essayé d'adoucir avec des paroles de consolation mais, de par mon ignorance des faits précis, lamentablement vagues et inopérantes. En m'accrochant aux quelques mots identifiés, il me sembla discerner les points saillants d'un drame familial qui masquait lui-même la secrète réalité d'un gros chagrin d'amour. Ce n'était plus du tout la fillette éblouie de la Fête du Livre mais une boule de nerfs criant sa peine, crispée sur son secret.

Elle ne voulait pas être consolée, elle était venue noyer son chagrin dans la foule, peut-être était-elle d'abord venue y retrouver quelqu'un, qui, lui, n'était pas venu… Quelqu'un de chez nous ? Elle lisait *Charlie Hebdo* avec ferveur, elle nous aimait tous, plumitifs et dessineux, elle s'est collée à nous, fondue en nous.

Je ne me rappelle plus très bien la suite des événements. Elle était là, elle n'y était plus. Comment a-t-elle rejoint Saint-Étienne, je l'ignore, mais, débrouillarde comme je la sais aujourd'hui, ça n'a pas dû poser problème.

Quelque temps plus tard, j'avais alors affaire à Philippe Héraclès, directeur des éditions du Cherche Midi, sises au fond d'une trop charmante vieille cour de la rue du même nom. Comme je sortais du bureau d'Héraclès, je tombe sur elle. C'est-à-dire, je vois d'abord son sourire, il la précède. Virginie. Vous ai-je dit son nom ? Voilà : Virginie. La petite Virginie de Saint-Étienne et maintenant de Paris, à ce qu'il semble.

Elle me le confirme un peu plus tard, à la terrasse d'un café de Sèvres-Babylone. Elle s'était arrachée à sa province, à papa-maman, elle était montée courir sa chance à Paris. Dans l'édition, cela seul l'intéressait. Elle n'ambitionnait pas d'écrire. Elle habitait un nid de pigeons en bas de Mouffetard, elle me dit « Venez donc voir », j'y suis allé voir, j'ai vu, je n'y retournerai plus. Huit mètres carrés suspendus à une gouttière, septième étage, une guérite brandie à bout de toit en plein ciel. Accessible seulement par un criminel sentier de zinc tout glissant avec rien pour s'agripper. La porte servait de fenêtre. Au-dessus du vide. Il y a des gars pour louer ça. Et très cher. Je n'étais plus l'arpète maçon qui sautait de gouttière en cheminée. J'avais le vertige, je claquais des genoux. Elle, insoucieuse comme l'oiseau. Bien contente d'avoir trouvé ça. Elle eut pitié du vieil homme, m'aida à regagner un escalier moins acrobatique. Elle me confia que des petits vieux, des petites vieilles habitaient des perchoirs encore pires. Bon dieu…

Je la perdis de vue quelque temps. Il se peut — c'est même sûr —, que je mélange quelque peu la correspondance des temps, comme dit le prof de français. À un certain âge la notion d'avant-après prend un sens très approximatif. Cramponnons-nous aux faits, tant pis pour la chronologie. Les faits, les voici :

Un certain jour — jour funeste ! — les jeux de la politique et des coups de pied dans les chevilles firent en sorte que le peuple français, sans comprendre comment cela s'était fait, se trouva, lors d'élections au pouvoir suprême, placé devant cette réalité : la grande gueule d'extrême droite arrivait toute seule en seconde position, talonnant Chirac, président sortant et champion des ventres dorés.

Grand fut l'émoi. Gauche et droite, pour une fois unies, appelèrent à la mobilisation citoyenne contre le péril noir. *Charlie Hebdo* affréta une camionnette, la décora, et la planta place de la République, où vint bien vite tourbillonner une foule hurlant sa colère et riant aux beaux jours revenus des manifs bien épaisses où tout le monde est d'accord contre quelqu'un.

J'avais un boulot à finir. Je ne quittai la rue des Trois-Portes et la place Maubert qu'après que les autres furent partis. Sur le quai face à Notre-Dame, une minuscule silhouette parmi les mouvantes silhouettes d'un beau dimanche de Paris — tous n'étaient donc pas concernés par la Patrie à sauver ! —, quelque chose dans l'allure, quelque chose de décidé et aussi d'un peu paumé... C'était elle. Ce n'est pas dans mes façons, mais l'enthousiasme guerrier de la journée... Je la saisis par le bras, gueulant : « À la République ! On est tous à la République ! Amène-toi ! »

Sursaut, bras arraché à ma main avec indignation, peut-être a-t-elle dit « Mais… », ou « Dites donc, vous… », je ne sais plus, je sais seulement que je la tenais par la main et que nous filions droit devant nous vers la République. Là, nous trouvâmes la camionnette, pleine de journaux, Gébé qui faisait le crieur, et personne d'autre de la tribu. Perdus dans l'océan humain.

Je fis ce que je faisais quand je « couvrais » une manif. Je remontai la foule, frayant mon chemin des épaules, pour voir où en était la tête, puis, à rebrousse-poil, dans l'autre sens, pour voir où en était la queue et jeter un œil dans les rues de côté pour repérer les éventuels saboteurs d'élan populaire. Je n'avais pas prévu de prendre des notes, la petite suivait dans le sillon, ayant lâché ma main, rebelle à tout contact. « Drôle de fille », que je me disais. Et que se dire d'autre ?

Je braillais « Le fascisme ne passera pas ! » ou quelque chose du genre. Mon antifascisme n'avait pas suivi l'évolution de la mode, mes slogans sentaient la poussière et l'avant-68. Elle ne criait pas, observait intensément, me signalait les têtes connues. Rien ne lui échappait. Elle les connaissait tous, comme une mordue de *Cinémonde* qu'elle n'était pas, mais aussi ceux de la politique, comme la lectrice de *Libé* et de *Charlie* qu'elle était.

LA FONTAINE

On nous enseignait les classiques. Corneille, Racine, toute la bande. Le prof insistait beaucoup sur le sens de l'honneur chez Corneille. Il mettait le paquet. Rien que des adjectifs comme « sublime », « surhumain », il regrettait que nous ne soyons pas tous comme ça. Moi, j'imaginais une humanité faite exclusivement de héros, qui parleraient en alexandrins, pourquoi pas ? Évidemment, le temps de chercher la rime, si l'on n'est pas spécialement génial, ça donnerait du mou à la conversation... Je n'aimais pas le Cid, ce grand con obsédé de vengeance.

Déjà, quand j'avais lu *Le Comte de Monte-Cristo,* de Dumas — pas au programme ! —, j'avais pris en grippe le héros, cet Edmond Dantès qui, étant tombé sur une fortune fabuleuse, la consacrait à tirer minutieusement vengeance de quelques coquins qui lui avaient fait autrefois du tort. Merde ! Il y a mieux à faire avec le fric, non ? Ne serait-ce que le filer au Téléthon... Enfin, un tout petit peu. Le Cid, pareil, sauf que, lui, c'était pour l'honneur du papa qui s'était pris une gifle et s'estimait trop vieux pour la rendre.

Déjà... Puisque c'est d'honneur qu'il était question, la

force de la gifle rendue ne faisait rien à l'affaire. C'était un geste symbolique, comme la première gifle, d'ailleurs. Pourquoi le vieux machin n'a-t-il pas sauté sur sa vaillante épée et, ce « bras qui tant de fois a sauvé cet empire », ne l'a-t-il pas plongée dans le bide de l'insulteur en visant bien le nombril, c'est là que ça fait le plus mal ? Il n'y serait pas arrivé, c'est sûr, l'autre l'aurait étendu raide, mais du moins l'honneur était-il sauf. Au lieu de ça, que fait-il ? Il s'en va pleurnicher sur l'épaule de son fils — « Ô rage, ô désespoir, ô vieillesse ennemie ! » — et le somme d'aller se faire transpercer le foie à sa place. Et si le fils refuse, il est déshonoré et toute la famille avec.

Moi, je trouvais que le don Diègue était une vieille savate trouillarde et dégonflée, et qu'envoyer au casse-pipe son fils, parce qu'il était plus jeune, pour équilibrer les chances, c'était une question de sport, comme à la boxe, pas d'honneur. Je l'ai dit, sur trois pages. Interrogé là-dessus, je répondis que ce que Corneille appelle l'« honneur » n'est que de la vengeance, chose méprisable et imbécile qui fait d'ailleurs tout l'honneur des voyous.

Le croiriez-vous ? Ça n'a pas plu. Comparer des Grands d'Espagne à des voyous... Deux sur vingt, pour ne pas mettre zéro.

Racine, ça passait mieux. Ces grandes belles femmes émouvantes, un peu mûres... Ces amoureuses éperdues, cette Andromaque, mère admirable, embaumant la cuisine à l'oignon et les poils des aisselles où perle la sueur... Cette pleurnicharde Iphigénie qu'on n'en finissait pas de la jeter aux crocodiles, ou à je ne sais quels bestiaux... Cette Phèdre — ô ma mère ! —, cette fabuleuse dévoreuse de petits Hippolytes en commençant par la quéquette... M'en suis-je donné, des branlées, en rêvant à leurs amples et fatals appas ! Presque autant qu'en rêvant à la Sainte Vierge.

Boileau m'emmerdait. En plus, il me répugna quand j'eus appris qu'une oie — ou un canard ? — lui avait, d'un cruel coup de bec, coupé le zigouigoui quand il était enfant, et que depuis… Oui. Gross malheur.

Mais il y avait La Fontaine. Aussi peu classique que possible, d'ailleurs. On se demande bien ce qu'il fout là. Les autres, les Racine, Boileau, La Bruyère et compagnie, se foutaient de sa gueule. Il n'avait pas la vénération de l'alexandrin, figurez-vous. Il faisait rimer « semaine » avec « Carmen[1] ». Il était tête en l'air, se cognait dans les murs, se trompait de maîtresse. On le tolérait dans la bande parce que, bourré, il racontait des histoires sales qu'il avait mises en alexandrins. Il ne tolérait l'alexandrin que pour cet usage, de même qu'il usait de torche-culs brodés d'or.

Dans un chemin montant, sablonneux, malaisé,
Et de tous les côtés au soleil exposé,
Six forts chevaux tiraient un coche.

À déclamer au lever et au coucher.

Le gars qui a écrit ça peut aller se coucher. Il a travaillé pour sa vie entière. Vous me direz qu'il vous semble bien avoir repéré deux alexandrins sur trois vers. Justement. Ils sont là pour préparer la venue du troisième.

Par la suite, j'ai pu me former une opinion plus fournie sur le sujet. Voici :

Les classiques. Petite bande d'arrivistes plutôt lèche-cul

1. Cherchez !

se recommandant de Malherbe (décédé) et ayant réussi à s'imposer grâce à la faveur de Louis XIV, à imposer au théâtre la règle des trois unités et à barrer la route de l'immortalité à des tas d'auteurs qui les valaient bien.

Encore ces arsouilles avaient-ils ce qu'il est convenu d'appeler du génie. Leur raideur figea tout le XVIIIe siècle. Rousseau y échappa. Voltaire se prenait pour un classique, hélas. Il fallut la rage romantique pour briser le carcan. On n'apprenait pas ça à l'école.

P.-S. J'oubliais Molière ! Disons que son cas est à examiner.

*

Il est, de nos jours, très mal vu d'avouer qu'on a été un bon élève. Encore pis de s'en vanter. La mode est aux cancres qui, n'ayant rien foutu à l'âge des études, ont brillamment réussi dans la vie — c'est-à-dire ramassent des masses de fric — malgré les prédictions fâcheuses des honnêtes gens — traduisez : « des cons ».

Le paradoxe a toujours séduit les foules. Faire une brillante carrière après une scolarité exemplaire, tu parles d'un exploit ! Où est le mérite ?

Mais devenir milliardaire après avoir bien fait chier toute une brochette d'enseignants mal payés, ça vous pose dans le monde et inspire des interviews passionnantes. Si l'on peut, en plus, avoir collectionné quelques années de taule avant de crever le plafond, ça vaut la « une » de *Paris Match*.

Je n'ai pas été un mauvais élève spectaculaire. Tant pis pour ma légende.

POUR LA FRANCE

Je devais avoir pas plus de dix ans quand ils se sont mis à nous emmerder vraiment. Les Pouvoirs Publics. Nous, les Ritals.

Voyez-vous, c'était la Crise. Il y a toujours une crise. Plus ou moins. Celle-là, c'était la Crise avec la majuscule. Partout. La planète s'était arrêtée de tourner. Faute aux Ricains, paraît. Ils avaient encore joué aux cons. Total… Les usines débauchaient, les chantiers restaient une patte en l'air, les grues rouillaient, ramollissaient et finissaient par se casser la gueule en s'affaissant comme des merdes, avec le petit bonhomme qui roupillait là-haut dans la cabine.

Plus de travail. Seuls les bistrots tenaient le coup. Fallait bien qu'il y ait un endroit pour se réunir et gémir sur la vacherie des temps. À croum, bien sûr. Les ardoises s'allongeaient sur la glace derrière le comptoir. On paierait quand les beaux jours à se crever le cul seraient revenus. Remarquez, il y en a qui y ont tout paumé et ont mangé le rideau de fer. Plus par vengeance que par malhonnêteté. L'ouvrier ne peut pas s'en prendre au patron, encore moins au gouvernement, alors il se venge sur ce qu'il a à portée, sur le gentil troquet qui lui a fait confiance, le con.

Quand on a des ouvriers étrangers et des français, et qu'il faut en mettre la moitié dehors, qu'est-ce qui reste ? Pince-moi ! T'as tout compris. Et quand un étranger pauvre se trouve sans travail sur le sol de France, on lui file un permis provisoire et on lui dit : « Quinze jours. T'as quinze jours pour retourner dans ton bled de merde, et crois pas qu'on va te payer le train. »

Ça s'arrangeait pas. Même, ça empirait. Il paraît qu'à New York on balançait les banquiers par les fenêtres. Du centième étage, si ça se trouve. À Paris, c'est les maçons qu'on voulait foutre à l'eau. À cette époque, tout ce qui était dans le bâtiment était étranger, et tout ce qui était étranger était rital. Valait mieux pas trop se montrer, vu qu'une gueule de Rital, ça fait peut-être moins tache qu'une tronche de Banania, mais ça se repère quand même au premier coup d'œil malveillant. Tous les coups d'œil étaient malveillants, il y a des époques comme ça.

*

Les deux Dominique, les patrons, avaient maintenu vaille que vaille l'entreprise. Arriva quand même le samedi noir où papa ramena sa dernière paye. Suivit le lundi, le premier lundi depuis qu'il tenait sur ses jambes où il n'alla pas au boulot. Et ce fut le chômage. La honte du chômage. J'ai vu papa, perdu dans la queue des sans-travail, baissant le nez, ne sachant où se cacher. Le bureau du chômage se trouvait dans le commissariat. La queue tournait tout autour de la cour et continuait sur le trottoir de la Grande-Rue, ça gênait l'abord des boutiques, les commerçants faisaient la gueule mais n'osaient pas trop gronder, le journal leur avait expliqué que c'était partout pareil, que c'était vraiment très triste, une espèce de malheur national. Certains ajoutaient « Pas pour tout le monde » et parlaient de Juifs. Je comprenais pas tout.

Là-dessus, on reçoit une lettre avec « République Française » sur l'enveloppe et la tête de Marianne. Maman n'osait pas l'ouvrir. Elle disait : « Je sens que c'est du pas bon. » Et en effet.

C'est moi qui l'ai lue, la lettre. Maman n'osait pas. Papa ne savait pas. « Vous êtes prié de vous présenter à la Préfecture de Police, service des travailleurs étrangers, bureau tant et tant. » Il y avait en plus un coup de tampon tout de travers, à moitié mal tamponné, qui ordonnait : « Muni de votre carte d'identité. »

J'ai prévenu à l'école que je viendrais pas ce jour-là, j'ai pris papa par la main, sa grosse main qu'on aurait crue toujours encroûtée de ciment, et nous voilà partis. Maman pleurait comme si on partait pour la guerre.

*

On a pris le métro au château de Vincennes. Je lâchais pas la main de papa, je la tenais serrée-serrée, pas que je le perde. Dans le métro sans savoir lire, sans connaître Paris, sans presque savoir parler… la terreur. Déjà la bousculade pour monter… Nous étions debout, peur qu'arrivés à Châtelet on ne parvienne pas à se lever assez vite et à descendre à temps. Je vis que papa marmonnait en comptant sur les doigts de sa main, celle que je ne tenais pas. Je lui ai demandé. Il m'a dit : « Je le sais qu'il est dix stations jusqu'à c'te Châtelet où qu'on descende nous. *Allora*, je fas le compte. *Ecco.* »

Au Châtelet, il y avait la correspondance pour Cité. Mais j'ai regardé la carte et j'ai vu que c'est tout près, juste à côté. On a trouvé la sortie et on est allés à la préfecture à pied.

La queue faisait tout le tour de la cour de la préfecture, qui est une cour vraiment immense, et puis elle passait sous le porche et continuait en s'enroulant autour de la place devant Notre-Dame, qui s'appelle le parvis. À l'école on m'avait expliqué que Notre-Dame avait été reconstruite presque à partir de zéro par un nommé Viollet-le-Duc, qu'il fallait beaucoup admirer cette merveille, surtout les sculptures du Moyen Âge, et moi, justement, je venais à peine de lire *Notre-Dame de Paris*, qui est de Victor Hugo, je regardais de tous mes yeux, je voyais très bien les gargouilles, tout là-haut, j'imaginais Quasimodo, et la belle fille, j'ai oublié son nom, amoureuse d'un con comme souvent les filles, et j'aurais voulu raconter tout ça à papa, juste là devant Notre-Dame, mais papa n'avait pas la tête à ça, je le voyais bien.

On y a passé la journée. À six heures du soir, on avait tout juste atteint l'entrée du porche. Des flics sont venus, ils ont dit : « On ferme. Vous reviendrez demain. »

Bon. On a fini par se retrouver devant un comptoir, papa et moi, avec derrière un mec pas commode. Il portait des espèces de manchons noirs pour pas user ses manches de veste sur le bois de la table. Il posait des questions, je voyais bien qu'il cherchait à nous baiser, mais je faisais gaffe. « Oui », « Non », « Je sais pas. » Il regardait papa, l'air de dire : « Vous êtes d'accord ? », papa faisait : « Vi, Messieur. » Le type a fini par donner son coup de tampon, comme à regret. On s'en était sortis. Pour cette fois…

Papa avait un atout : son fils né français. J'avais le droit d'opter à vingt et un ans. Ça jouait. Mais où maman l'a trouvée mauvaise, c'est quand elle a appris qu'elle était devenue italienne par son mariage. Elle aurait pu rester française, elle ne savait pas…

*

Par mon oncle Giovanni, qui était dans le même cas que papa, on a fait la connaissance d'un vieux magistrat à la retraite, qui se faisait du fric en appuyant — qu'il disait — les dossiers de naturalisation. C'était un grand bonhomme avec d'énormes moustaches, une chaîne de montre en or, un faux col en celluloïd aux pointes rabattues en avant, une de ces cravates gonflantes avec une épingle qui était peut-être un diamant, va savoir, une canne avec de l'or par-ci par-là, des gants qu'il tenait d'une main en même temps que la canne, l'autre main tâtonnant l'espace à la recherche des fesses à maman. Il avait l'accent du Midi, puait le tabac, la dent creuse et la moustache mal tenue. J'ai vite remarqué qu'il s'amenait, plein d'encouragements et de « Ça avance, notre affaire ! Ça avance, petite madame ! » quand papa ne pouvait pas être là. Il parlait à maman carrément dans le nez, un millimètre plus près il l'embrassait sur la bouche, le vieux dégueulasse. Je savais très bien ce qu'il voulait. Ce qui me dégoûtait le plus, c'était son haleine pourrie sur la figure de maman.

Un jour, il a plongé. J'ai vu le petit visage de maman — drôlement mignonne, elle était, maman — disparaître dans la grosse moustache jaune. J'ai empoigné les deux pans de sa redingote — il portait une redingote ! — et j'ai gueulé « Cochon ! Dégueulasse ! » de toutes mes forces. Maman s'est échappée d'entre ses bras, tandis que lui, tout rouge dans sa vieille peau, en rajustant sa cravate disait : « Plus tard, ce jeune homme lui aussi comprendra l'innocent hommage que la galanterie rend à la beauté. »

*

Enfin, il est arrivé, le décret ! Il faisait de papa un Français de plein droit, rétablissait maman « dans la nationalité française » et me confirmait dans la mienne.

Je n'ai jamais su quelle part avait prise le juge aux mains baladeuses dans cet heureux dénouement. En tout cas, on a fait un peu la fête, il n'en était pas.

Entre-temps, la guerre avait éclaté.

MISS PARKINSON

Vous avez vécu en compagnie intime de votre carcasse. Ce n'était pas une carcasse de toute première qualité. Elle vous a emmerdé tout au long. Toujours un pet de travers, comme disent les bien portants et ceux qui veulent passer pour. Pets de travers, sans doute, puisqu'on est là pour en causer et que, donc, on n'en est pas mort. Pets de travers qui, n'empêche, vous empoisonnent une vie et finissent par la remplir, viennent les jours chevrotants.

On fait face. Cette carcasse rechigneuse, on la connaît. Dans les coins. Elle peut toujours nous tourmenter, mais ses procédés ne peuvent plus surprendre, même si elle met le paquet et pousse la pression. Cette douleur devenue infernale, mais c'est une vieille connaissance ! Ce cœur qui soudain exagère a toujours asticoté son bonhomme. On s'adapte. On fait le bilan.

On se dit : « D'accord. Il faut ralentir. Mettre la pédale douce. Mais pas arrêter ! La carcasse, je l'ai bien en main, on connaît ses tours, l'un dans l'autre, rien de changé. Ou si peu… Bon pied, bon œil, la carcasse suivra. Jusqu'à… Jusqu'à… Ben oui, jusqu'à, quoi !

Non. Pas jusqu'à… avec points de suspension. L'archange est à la porte, qui attend. Il vient pour l'Annonciation, c'est son job. Donc il annonce :

— Parkinson.

Et puis s'envole. Pas que vous à s'occuper.

*

C'était donc ça, ce léger — si léger ! — tremblement de la main ? Cette écriture qui, du jour au lendemain, s'est mise à foutre le camp dans toutes les directions ? Cette irréelle sensation de flou dans la démarche, de ralenti dans les gestes ?

J'ai demandé au neurologue :

— C'est certain ? Je veux dire : absolument ?

— Oh, pour ça, absolument. Vous ne présentez pas tous les symptômes, mais ceux que vous avez sont concluants.

Très content de lui. Brave homme, au fond, il minimisa :

— Vous avez de la chance.

— Ah, ouais ?

— Vous auriez pu, du premier coup, présenter des symptômes très marqués. Vous ne vous en tirez pas trop mal, surtout étant donné votre âge.

— Qu'est-ce qu'il a, mon âge ?

— Eh bien, généralement, les symptômes apparaissent plus tôt. Si bien que, parvenus à votre âge, les patients sont beaucoup plus, si j'ose dire, « avancés » que vous.

— Vous voulez dire que ça va s'aggraver ?

Il eut un geste de regret, puis cet apaisement :

— Chez vous, ça a l'air de suivre un rythme très lent.

— Mais toujours du côté de tant-pis ?

Il s'excusa au nom de la science :

— On y travaille activement. Mais, jusqu'ici, on n'a trouvé que des palliatifs.

— C'est-à-dire ?

— On agit sur les symptômes. On a pu synthétiser la molécule qui fait défaut et on la fournit à l'organisme.

— Mais c'est merveilleux ! Et ça fonctionne ?

Le docteur hésita, me jaugea, décida d'être franc :

— Un certain temps. Ensuite, il faut augmenter les doses.

— Indéfiniment ? Jusqu'où ?

— Je serai là. Je ne vous abandonnerai pas. Et puis, la science progresse, vous savez.

*

J'ai bouquiné tout ce que j'ai pu trouver sur la question. J'en ai parlé. Les gens reçoivent ça avec un air d'en avoir deux. C'est pas de la maladie « honteuse » — y a-t-il encore des maladies honteuses ? — mais son nom répand, sinon la terreur, du moins la méfiance. Ça se passe dans le cerveau, cette horreur. C'est plus ou moins un truc de cinglés, ou pas bien loin. La proximité sémantique d'Alzheimer n'arrange rien. Ceux qu'ont lu des magazines vous disent, sincères :

— Heureusement, c'est pas l'Alzheimer. C'est pas drôle non plus, mais au moins on garde sa lucidité jusqu'au bout.

Dès qu'est prononcé le mot « Parkinson », le mot « Alzheimer » n'est pas loin de montrer le bout de son nez. Et toujours s'épanouit la charitable comparaison qui débouche sur la constatation qu'il vaut mieux souffrir et n'être plus maître de ses mouvements mais garder l'intégrité de sa lucidité — sous-entendu « de son intelligence », mais on est modeste —, plutôt que sombrer dans l'état de légume, béat, peut-être, mais tellement dégradant. Et de plaindre le pauvre légume dans son inconscience grignoteuse et sa descente vertigineuse aux enfers de l'inexistant puisque non pensant.

Derrière tout ça perce la trouille, non pas d'être un jour Alzheimer soi-même, mais d'hériter d'un légume, et de sa petite voiture, et du caca qu'il faut nettoyer après avoir forcé le légume à l'ingurgiter par l'autre bout. « Ils ont bien du courage. Moi, je sais pas ce que je ferais à leur place. » Tu ferais comme eux, Ducon, si t'as pas les moyens de payer une aide ou un placement en maison « médicalisée ». Et tu charmerais tes putains de jours en imaginant comment tu t'y prendrais pour empoisonner le vieux — ou la vieille — comme dans les polars, mais sans te faire prendre, cela va de soi.

*

Me voilà donc parkinsonien « pas trop gravement atteint ». Bon. Après tout, ça ne se voit pas sur la figure. Du moins tant que les oreilles ne se mettent pas à trembloter.

Ça ne se voit peut-être pas, mais ça fatigue. Je me demandais depuis quelque temps pourquoi, après une bonne nuit, je me réveillais plus las que je ne m'étais couché. Eh bien voilà, je sais : Parkinson. Ce sera la réponse à des tas d'événements mystérieux, presque toujours douloureux ou, du moins, désagréables, qui s'étaient fait leur nid dans un peu tous les replis de mon anatomie.

Je traîne cette meute accrochée à la putain de carcasse, crispé sur l'idée qu'il ne faut pas que ça se voie, veillant tout à la fois à ne pas traîner les pieds — impossible d'y fixer son attention pendant plus de quelques secondes —, à ne pas laisser le dos se voûter — mais une vertèbre cassée et mal ressoudée s'y oppose formellement —, à ne pas déporter vers la gauche quand je me figure aller bien droit devant moi, à ne pas bafouiller...

Bafouiller. Un des cadeaux surprises de miss Parkinson. On veut prononcer un certain mot. On n'y arrive pas. Vite, on improvise, on attrape par la queue ce qui nous passe par la tête, un mot qui signifie presque la même chose, pas tout à fait cependant, ça vous donne l'air à côté de vos pompes, les gens se regardent, de vous ils n'attendaient pas ça... Ajoutez, dans mon cas, une voix éteinte, épuisée, alors que je crois parler haut et fort.

Le pire, c'est l'écriture. Vous n'imaginez pas ce que m'a coûté d'efforts ce que vous lisez en ce moment. Ma main ne m'obéit plus. Ce n'est pas tellement qu'elle tremble, ça elle le fait rarement et pas longtemps. Mais elle n'en veut faire qu'à sa guise. J'avais une grande écriture, rapide et très régulière, mon principal souci, quand j'écris, étant d'être compris au premier regard. Si je la laisse faire, ma main, elle tend à griffonner des signes minuscules, lilliputiens, quasi invisibles sur le papier. Ça, c'est les bons jours. Il y a les autres, les plus nombreux, où la rebelle refuse de tracer la moindre lettre identifiable, la salope. Jours de détresse.

*

Un écrivain qui ne peut plus écrire, alors que sa tête bouillonne toujours et plus que jamais... Bon, j'aurais pu le perdre, ce bras. Les tronçonneuses volent bas, sous le ciel d'automne, les roues des camions, sur l'autoroute, ne demandent qu'à broyer. Il y en a à qui de telles choses arrivent. Oui, mais ils ne font pas métier d'écrire. Et alors ? Ils sont peut-être horlogers, ou sculpteurs sur grains de riz, ou tatoueurs à façon... Pas mes oignons. De bonnes âmes me conseillent :

— Apprends à taper. D'abord, aujourd'hui, personne n'écrit plus à la main. Ou bien dicte, pourquoi pas ?

Bonnes âmes, j'ai essayé tout cela. Ça ne marche pas. Quand j'écris, j'ai le dedans de la tête en contact direct avec la feuille de papier. Ça coule du cerveau par la manche droite de mon pull jusque dans les doigts, jusque dans le bic ou le feutre, là ça se mélange à l'encre et ça cavale tout seul. Pas de relais, pas d'interruption de parcours. Direct de la matière grise au consommateur. Si j'interpose un moyen mécanique sur le trajet, je casse tout. Ça devient plat, banal, ou prétentieux. Non : la tête, le papier, et entre les deux la main avec son doigt et de l'encre au bout.

LES POMMES

Une fois, une seule fois, il y eut au camp une distribution de pommes. C'étaient des pommes petites, malingres, souffreteuses, et vertes à vous faire grincer des dents rien qu'à les voir. D'où provenaient-elles ? Sans doute de quelque verger de banlieue ravagé par la grêle ou labouré par les bombes. Des pommes tristes.

N'empêche, des pommes. Fruit fabuleux. Je n'avais pas vu une pomme depuis au moins trois ans, pas plus que n'importe quel autre fruit. Le *Lagerführer* avait voulu solenniser la distribution, lui donner un petit air de remise de récompenses. Il avait fait aligner tout le camp en file par un, cela faisait une queue assez impressionnante. Il remontait et descendait la file d'un air important, faisait des effets de culotte de cheval, frappait ses bottes de sa cravache, précédé de ses deux molosses bavants que le Polonais préposé à cet emploi tenait en laisse avec bien du mal. Les deux chiens grondaient, poil semi-hérissé, irrités par l'odeur de misère et d'humanité déchue qui suintait de nos loques.

C'était fait très méthodiquement. L'heureux bénéficiaire, parvenu devant Klavdia, la Russe qui « avait la confiance » et que pour cela les autres tenaient à l'écart, l'accusant de certaines compromissions d'ordre sexuel avec les « faschistes », disait son nom, présentait son *Ausweis*, Klavdia annonçait : « *Gut !* » et la grosse Allemande qui régnait sur les cuisines tendait une petite pomme au travailleur valeureux.

Certains, par crânerie, mordaient aussitôt dans la pomme, en faisaient deux bouchées et jetaient le trognon par-dessus leur épaule, pour bien montrer qu'ils n'en avaient rien à foutre, qu'on n'achèterait pas leur conscience ouvrière avec des pommes. La plupart recevaient leur pomme avec émotion, la planquaient sous les guenilles qui s'efforçaient de leur tenir chaud à la poitrine. « Ceux-là, dit René la Feignasse, tu peux être sûr qu'ils vont la mettre sous globe pour montrer à leurs petits-enfants quels mecs ils étaient, eux ! »

De l'autre côté du barbelé, tout le long du double treillage nous séparant du camp russe, ils étaient là, les Russkoffs, profitant du spectacle et se marrant bien. Eux n'y avaient pas droit, aux pommes. Eux n'avaient droit à rien.

Chaque fois qu'un valeureux recevait sa pomme, tout le camp russe, d'une seule voix, mais formidable, hurlait : « Bravo ! Hurrah ! Maladiets ! » et balançait des mottes de terre glaise bien molle à la tête du héros. Il arrivait que certaines fissent mouche. Par-dessus les trois mètres du grillage, en tir parabolique, ce n'était certes pas chose facile. Alors hurlait, jailli de la steppe infinie, le hurlement sans pitié, teinté d'un arrière-goût de rigolade, des vengeances trop longtemps contenues. Le peuple de proie ne s'y trompait pas : c'était là le signe du premier cavalier de l'Apocalypse, et même les deux molosses, subjugués, tournaient en rond en couinant.

Le *Lagerführer* voulait ignorer ces explosions incongrues d'enthousiasme qui, quelques mois plus tôt, eussent envoyé leurs auteurs tout droit dans les geôles de la Gestapo. Il préparait en douce sa petite filière vers quelque accueillante Espagne.

J'attendais mon tour, bien sage, dans la queue derrière la Feignasse. Cette pomme, je n'y tenais pas plus que ça. J'en ferais un cadeau pour Maria. J'étais tout content d'avoir eu l'idée, je n'ai jamais été foutu de choisir un cadeau. René la Feignasse rêvait de sa pomme avec une joie de petit pauvre. Ronsin n'avait pas daigné : « S'ils se figurent m'acheter avec une pomme, j'aime autant te dire qu'ils peuvent se la carrer ! » Sous-entendu : « … dans l'oigne ». Ronsin aimait ces phrases qu'il laissait le soin de finir à l'interlocuteur, astuce chère à l'argot bellevillois : il fallait fournir le dernier mot, mais attention, pas n'importe quel dernier mot, le juste traditionnel ayant fait ses preuves. « Va te le faire ! » Sous-entendu : « … cuire »… Sous-entendu du sous-entendu : « … l'œuf ».

Tout arrive, même mon tour. Je tends l'*Ausweis.* Klavdia dit « *Gut !* ». Je tends la main. Un paquet de doigts boudinés s'interpose entre la pomme et ma main. Avec accompagnement sonore : « *Nein, Meuzieu. Nichts gutes für Herr Kafana*. » Ah ? Bon. On en était là. J'étais la bête noire, le mauvais sujet qu'on prive de dessert. J'ai un geste navré pour Maria, à travers le grillage. Elle a un sourire, un haussement d'épaules, l'air de dire : « Ça t'étonne ? »

Déjà René la Feignasse réagit à l'injustice. Il lève le doigt : « Je peux avoir sa part ? Puisque, de toute façon… » Quelque chose lui dit qu'il vaut mieux ne pas insister.

J'allais pas déclencher la troisième guerre mondiale pour une putain de pomme. Véreuse, si ça se trouve. J'avais mieux à faire : préparer notre évasion, à nous deux Maria — oui, on avait décidé ça —, et donc j'avais intérêt à ne pas me faire remarquer davantage. Mais les Russkoffs voulaient du spectacle. Devant l'injustice à moi faite, elles ont hurlé : « *Braçva ! Braçva !* » en tapant des pieds. Des pieds chaussés de *Holzschuhe* tout en bois massif, ça fait du bruit… Là, c'était trop. L'autorité ne pouvait pas tolérer.

Il arriva qu'une motte cherchant un emploi atterrit sur l'œil de Klavdia, qui entra aussitôt dans une colère démesurée. Trépignant, écumant, elle vomissait les pires mots orduriers, et la langue russe est particulièrement riche en ces mots-là. Ces excès verbaux déclenchèrent une avalanche de projectiles guidés par un tir impeccablement réglé. Klavdia ne fut plus que rage destructrice.

Heureusement que le double grillage était là, avec ses barbelés. Tel que c'était parti, les filles allaient mettre Klavdia en morceaux. Elle hurlait :

— Toutes des salopes ! Toutes ! Vous attendez votre putain d'Armée rouge, hein ? Vous allez voir ce qu'ils vont vous mettre, les putains de Rouges ! Salopes de collaboratrices que vous êtes, autant vous que moi ! Vous avez fabriqué des obus pour envoyer sur la gueule de vos frères ! À coups de baïonnette dans le cul, ils vont vous baiser !

La petite Choura, au nom de toutes, répliqua :

— Nos hommes nous foutront la volée, c'est normal, et après ils seront trop contents de nous aimer comme sait aimer un soldat russe. L'homme russe a le droit de battre sa femme, elle est faite pour ça, il ne la baise que mieux après !

Et voilà la petite Choura qui saute sur une brouette qui traînait par là et qui ferme le poing au bout de son bras levé, et qui entonne de toute la force de sa voix aiguë :

Vstavai proklatié raboti…

L'Internationale !

Ma parole, elle s'y croit.

Cela fait son petit effet. Le soudain silence casse les ailes au tumulte. Deux copines saisissent Choura, l'aplatissent à terre. On attend la suite. La calamiteuse suite. La voici :

Le *Lagerführer*, ayant fait taire ses chiens de deux coups de cravache, hoche la tête et, mains au dos, ordonne, d'une voix encore ferme :

— *Zurück in die Baracken. Los !*

Un bon nombre de pommes ayant servi de projectiles, il y eut d'abord un certain désordre dû à un désaccord entre glaneurs et glaneuses, enfin chacun rentra en sa chacunière, ainsi que dit Rabelais, qu'il est toujours bon de se rappeler aux moments significatifs de la vie. En quoi celui-ci était-il significatif ? Nous allons le savoir.

*

Avec Maria, nous avions prévu de tenter le coup le 23 février, jour de mon anniversaire, ce qui, à Maria, semblait de bon augure. Le 21, à cinq heures du matin, des coups violents secouèrent les baraques tandis que hurlaient les « *Aufstehen !* », soutenus par les furieux abois des chiens.

— Debout ! Tout le monde sur la place devant la baraque du *Lagerführer*! *Aber, los !*

Yeux collés, bouilles ensommeillées, interrogations ahuries aux interprètes belges :

— Qu'est-ce qui se passe ? C'est pas l'heure ! Font chier, merde !

Enfin, Herr Müller, chef du personnel et gendre du patron, belle prestance, culottes de cheval, foulard de soie, monocle à l'œil et insigne du Parti à la boutonnière, prit la parole :

— Vous allez quitter Berlin. Le train vous conduira quelque part, je n'ai pas le droit de vous dire où, où vous aurez l'honneur de contribuer, par votre travail, à la victoire du Reich allemand.

Ce ne sont peut-être pas ses paroles exactes, mais le sens général y est.

ÉLECTRONIQUE

Je n'ai pas de téléphone portable. Je n'ai pas non plus d'ordinateur. Ce n'est pas pour faire l'intéressant, pour jouer les hautains contempteurs d'un progrès futile et abêtissant, pas du tout. C'est tout simplement parce que je ne suis pas arrivé à faire marcher le machin.

On me dit : « C'est pas sorcier. Tu appuies sur ce bidule, là, tu le vois ? Tu le vois bien ? Non, pas le rouge, le vert… » Ce n'est effectivement pas sorcier. N'importe quel con… Eh bien, pas moi. N'importe quel con, sauf moi. L'engin se fout de ma gueule. Je sais pourquoi ça ne prend pas sur moi. C'est pas malin, d'accord, mais c'est un rituel. Un rituel consiste à enfiler une suite de gestes — ou de mots — dans un ordre immuable. Ce que les inventeurs de religions ont parfaitement compris. Si tu te goures dans la suite des gestes ou des paroles, tu meurs sur place ou tu vas en enfer.

J'ai rien contre les religions et leurs curés… Qu'ai-je écrit là ? Lapsus, erreur, n'en tenez pas compte !… On reprend : Je hais les religions et je méprise de tout mon mépris leurs curés et leurs bonnes sœurs, et ma haine m'aide à noter que leurs mômeries, sacrifices, processions, messes et autres pièges à cons se ressemblent étrangement d'une foi à l'autre, des libations aux dieux de l'Olympe aux gémissements de la messe, de la danse sacrée vaudoue aux prosternations musulmanes et aux balancements rythmés devant le Mur lamentable. Ils ont tous en commun — parce que la recette est unique et omnivalente — : le rituel. C'est-à-dire des gestes et des paroles magiques, il n'y a pas d'autre mot, pour forcer le Ciel à leur obéir. Je simplifie, le sujet réveille ma vieille rogne, mais il faut bien que je vous explique pourquoi je suis rebelle à tout rituel, en ce qui nous concerne aujourd'hui au rituel du machin à téléphoner en marchant dans la rue, que si tu marches sans bidule à l'oreille et sans discuter avec véhémence tu n'es qu'une inexistence, un dépassé, une ordure de capitaliste égoïste qui ne veut pas donner du travail au prolétaire tout neuf de Hong Kong ou au rescapé des années rouges de Roumanie. J'ai bien essayé de faire semblant avec un machin non branché, mais à ma gueule on voyait bien que personne ne me parlait à l'autre bout, et on me marchait sur les pieds.

Même un machin pour passer de la musique, je sais pas. La petite Virginie me montre, mais je vois bien que ça l'agace. Même Laurel et Hardy, que j'aime tant, je m'emmêle les boutons, j'envoie tout promener. Remarquez, je m'en fous, j'aime pas le rock, j'aime pas le swing, ni le punk, ni le rap, ni la danse classique, ni la pas classique, ni les jeux télévisés que t'as compris avant la question, ni Paris-Dakar, ni Miss France, ni Derrick. Qu'est-ce qui reste ? Laurel et Hardy et Charlie Chaplin, mais d'eux j'ai déjà tout vu. J'aimais bien aussi Font et Val, ça décoiffait, mais Font s'est fait piquer la main plongée jusqu'au coude dans une petite culotte taille bébé, et du coup Val, de chagrin, s'est lancé dans la carrière d'aspirant président de la République. Passons.

Même les usines à café miniatures pour studios chics, j'y comprends rien. La véritable invention maîtresse du XXe siècle, c'est le café soluble, le cher vieux Nes, compagnon fidèle des SDF. Je serai toujours du côté des SDF. Vive le Nes, avec un filet de calva pour la bonne bouche.

J'ai conduit une auto. Longtemps, et tout à mon honneur. J'ai reçu de mon assureur une attestation de bon conducteur et le droit de provoquer deux accidents sans malus. Dès le lendemain, j'en ai profité. J'ai vilainement défoncé l'arrière d'un père de famille et replié ma voiture en accordéon. Toute la famille du père de famille a jailli et s'est inquiétée de mes propres bobos. Ça vous ferait croire en l'homme. C'était une voiture archisimple, deux ou trois manettes au tableau, pas plus. Je pense que je ne conduirai plus.

Mais j'y pense, peut-être miss Parkinson est-elle pour quelque chose dans mes incapacités à faire mon entrée dans l'empire des gadgets amusants, sinon utiles ? On lit dans tous les magazines, on apprend à la télé que la sale bête se contente de grignoter les neurones des nerfs moteurs, vous rendant peu à peu impotent et perclus tout en faisant très mal — j'ai vérifié, c'est vrai, je suis le cobaye —, mais qu'elle néglige absolument les nerfs sensitifs et ceux qui entrent en jeu dans la mémoire, l'association d'idées, le langage, l'attention... bref, tout ce qui, quand ça vient à manquer, fait de l'heureux élu un légume bavant et évacuant sous lui. Elle, la Parkinson, laisse ces prairies à brouter à sa cousine, l'Alzheimer.

C'est doux à entendre quand on a l'honneur de loger dans son cerveau la Parkinson et pas l'autre, mais je me demande, dans ces — rares — moments nocturnes où la solitude vous prend à la gorge, si la petite salope ne se permettrait pas quelques picorées dans le garde-manger de la voisine. Il y a vraiment des moments où je sens vaciller ma belle intelligence, si, si, ne protestez pas. Quant à la mémoire…

La plus fascinante de toutes ces merveilles, pour le badaud que je suis, est sans conteste le téléphone portable. Je ne sais si sa principale fonction est la conversation à distance car il recèle dans son minuscule volume tant et tant d'autres possibilités tout aussi essentielles. C'est un calepin-agenda qui ne vous permet plus d'oublier à dessein ce que vous souhaiteriez oublier, c'est un appareil à photographier — à photographier ! — et même à filmer — et en couleurs —, c'est un album inépuisable, c'est une pendule avec réveille-matin incorporé, c'est un ordinateur relié au réseau mondial, c'est un poste de radio et donc un journal, c'est une télévision, c'est une console de jeux… Et tout ce que je n'imagine pas, n'étant pas initié à la grande confrérie des cause-tout-seul.

Dans ma naïveté, je m'étonne que, à l'instar du fameux couteau suisse, on ne l'ait pas encore équipé d'une plaque pour frire les œufs au plat, d'un vélo pliable — que dis-je, d'un scooter ! —, d'un pistolet 22 long rifle — que dis-je, d'un canon ! —, d'une tente et d'une poupée gonflable avec cinq orifices praticables, comme dit la publicité.

Jadis — jadis ! —, il y avait dans l'année une journée redoutable entre toutes, le 1er janvier. Encore tout embrumé des vapeurs délétères du réveillon, on se rendait en famille chez la tante Germaine et là, tandis que dans les tasses refroidissait le thé — quoi de plus déprimant que du thé qui refroidit ? — et que gisaient sur les napperons de dentelle les bribes de biscuits secs — trop secs — achetés au Carrefour — quoi de plus affligeant ? —, l'heure fatale était échue où il fallait se farcir les terribles, les insoutenables photos de vacances et aussi celles marquant les événements notoires de la famille depuis qu'on ne s'était vus, augmentées de toutes celles, déjà vues à chaque 1er janvier, qui remontent le temps jusqu'aux premiers daguerréotypes de Niepce et Daguerre, les célèbres duettistes, ce qui nous mène aux années 1850 et quelques, s'il m'en souvient bien.

Le 1er janvier n'échoit — on peut dire « n'échet » — qu'une fois l'an. La menace ne s'étendait pas sur les trois cent soixante-quatre autres jours. Aujourd'hui, c'est tous les jours de l'année que le téléphone-album vous guette, tapi dans la poche de poitrine de tout quidam. Rencontrez-vous une vieille amie ? Vous vous farcirez jusqu'à la lie du charmant bébé, du couple *just married*. Un copain de régiment — il a existé des choses appelées « régiments » ? —, vous êtes bon pour le défilé de ses successives maîtresses en affriolantes tenues, achetées rue Saint-Denis pour cent euros la botte…

LA CORDE

Ce devait être en 1962 ou 1963, en ces années terribles où *Hara Kiri* me dévorait vivant. Le magazine, après d'interminables mois où, en dépit de nos efforts, la vente stagnait et où, seule, la vente au colportage des invendus nous évita de crever la gueule ouverte et sans fleurs ni couronnes, avait enfin pris le bon départ.

J'étais alors à moi tout seul la totalité du personnel technique, c'est-à-dire que j'apprenais les différents métiers du journalisme en les mettant en pratique, ou plutôt en improvisant. De dessinateur j'étais passé rédacteur, et donc je rédigeais. Je rédigeais beaucoup. Les collaborateurs écrivant ne se bousculaient pas à l'embauche. J'avais une prodigieuse équipe de dessinateurs, mais si je voulais des textes, il me fallait m'y atteler.

J'étais, sur l'« ours », pompeusement baptisé « rédacteur en chef », ce qui signifiait qu'il me fallait, en plus du texte et de la fabrication, secouer mes gaillards pour qu'ils donnent le meilleur d'eux-mêmes. Il m'arrivait de passer trois jours et deux nuits sans lever le cul de ma chaise, accroupi au bout de la grande table sur ma copie comme un ouistiti sur une banane. Tita venait me décoller — j'étais incapable de tenir debout — pour me ramener au Plessis-Trévise dans la petite maison.

Mais au bout de l'enfer il y avait un journal, le plus beau journal du monde. Je ne sais pas si vous vous rendez compte.

Il se trouve que j'ai les nerfs fragiles et que le surmenage me plonge dans des états abominables. Le journal avant tout, c'était exaltant, mais je le payais parfois fort cher. En colères, par exemple. En nuits d'insomnie. En crises de désespoir. « Ces cons-là, ils ne se rendent pas compte, se fendent la gueule, leur petit boulot est bouclé… » Il y a des moments où je les haïssais.

Une nuit d'insomnie — je ne sais pas si vous savez ce que c'est que l'insomnie totale, avec lendemain de mort-vivant, cervelle en pâté de foie et muscles à ressort —, une de ces nuits terrifiantes, une colère froide m'a pris au ventre, je suis descendu chercher une petite échelle que j'avais — ah, oui : il y avait la maison à finir, aussi —, je l'ai grimpée sans bruit jusqu'à la petite pièce où j'écrivais quand je n'étais pas au journal. Là, il y avait une trappe, au plafond, une belle trappe en bois blond avec une poignée en fer. J'aimais beaucoup cette trappe, je l'avais faite, elle menait à une soupente impraticable mais elle était gracieuse dans sa rusticité. Toujours écumant de cette rage froide, impuissant devant la vacherie des choses et l'indifférence des copains, de la famille et du monde entier, j'agissais par gestes violents mais précis. Je plantai l'échelle contre le mur, sous la trappe, j'arrangeai en nœud coulant la corde dont je m'étais muni au passage — facile, le nœud coulant : c'était un cordage classique de maçon, une cravate d'échafaudage, avec un œil à un bout — et j'arrimai solidement ma corde à la poignée de la trappe. Et puis, ma foi, je passai ma tête dans le nœud coulant. Sans une seconde d'hésitation, sans marquer la solennité de la chose par je ne sais quelles pensées historiques, genre : « Adieu, monde cruel ! » Non. Je faisais tout ça sèchement, mécaniquement, comme suivant un plan précis.

Pourquoi je le faisais ? Si je l'avais su... La rage au cul, rien de plus : « Je vais leur faire voir, à ces cons-là ! » Le rat pris au piège. Impuissant, incompris, et la journée dégueulasse qui suivrait... Le pur maso coléreux. Ils me font crever, ils ne voient rien, total je me punis moi-même.

Bon. Arrivé là, je ne sais pas ce que j'aurais fait ensuite. Le destin décida pour moi. Le destin, sous l'apparence d'un grand beau garçon, le fiancé de ma fille Catherine qu'il devait épouser le lendemain, c'est d'ailleurs pourquoi on l'hébergeait pour la nuit. Ce jeune homme avait le sommeil léger — ou alors peut-être ne dormait-il pas, prenant un acompte sur ses droits matrimoniaux, ce qui donne à son intervention providentielle quelque chose de subtilement poétique, je ne sais pas si vous voyez.

Mais je chamboule l'ordre des événements. Avant le futur gendre, il y eut l'échelle. Je l'avais, faut croire, mal arrimée sur le parquet glissant. Elle avait glissé. Et moi, je me suis retrouvé pendu. Bel et bien.

C'est-à-dire que, soudain, le monde s'est éteint. À peine eu le temps de sentir la corde me mordre à la gorge, et couic, plus rien. Dodo.

Le docteur m'a expliqué, après. Ma corde passait juste sur les carotides — jusqu'au bout le bon artisan —, or dès que l'on comprime les carotides, si peu que ce soit, le cerveau n'est plus irrigué, plus oxygéné, et c'est la perte de conscience immédiate. Je vous l'apprends, vous en ferez ce que vous voudrez.

J'étais donc pendu par le cou, je gigotais, j'avais avalé ma langue. (Ça, on me l'a raconté plus tard.) Personne n'a voulu me dire si je bandais. Par contre, j'avais pissé dans mon pyjama, peut-être même chié, je ne me rappelle plus bien. On n'imagine pas à quel point un pendu peut emmerder le monde.

Donc je gigotais, je donnais des coups de pied dans le vide, c'est l'usage chez les pendus. L'un de ces coups de pied rencontra, sur sa trajectoire, l'échelle légère, qu'il heurta avec suffisamment d'impulsion pour achever de la faire chuter. Ce qu'elle s'empressa de faire, dans un vacarme de cataclysme. D'où sursaut du futur gendre, aussitôt accouru. D'un coup d'œil, il prit la mesure de l'urgence. Avant tout, couper la corde. Pas de couteau sous la main. Il aurait fallu descendre à la cuisine en chercher un. Un calcul ultrarapide l'amena à conclure qu'il aurait plus vite fait de dénouer la corde que de se taper l'aller et retour par l'escalier. Il redressa l'échelle, l'appuya plus judicieusement que je ne l'avais fait, y grimpa, enroula son bras gauche autour de ma taille afin de « soulager » (terme usité dans les métiers du bâtiment pour soulever) et, de sa main droite, entreprit de défaire mon nœud. C'était un beau nœud, j'ai été maçon. Cela prit donc un certain temps. J'avais, paraît-il, cessé de gigoter.

Mais tout cela, tout ce que je viens de conter, je l'ai su par ouï-dire, forcément. Je n'étais pas là. J'avais déserté ma dépouille mortelle, comme il convient de dire. Je la réintégrai, vous vous en doutez, puisque je suis là à vous charmer l'esprit par ma façon d'un désinvolte un peu forcé de vous narrer les choses.

Ma reprise de contact ? Oh, c'est bien simple : je m'éveillai. Comme d'un sommeil ? Exactement. Comme d'un sommeil. D'un profond sommeil. Frais et dispos. À vrai dire, ce qui m'avait réveillé était un bruit. Un bruit incongru. Comme le puissant halètement d'une locomotive à vapeur à l'arrêt. J'ouvre les yeux : un rond parfait de visages penchés sur moi. Anxieux. Je me suis senti important, sinon aimé. J'essaie de bouger. Je suis coincé. Une espèce de machine m'enserrait la poitrine, pressant mes côtes et les relâchant suivant ce rythme respiratoire si bruyant.

Un « Ah… » unanime salua l'ouverture de mes paupières. Je n'étais plus mort. Ils n'avaient pas déployé en vain leur belle machine. Tous les visages furent remplacés par des visages de pompiers, avec les auréoles chromées des casques tout autour. Une voix, surmontant le brouhaha, demanda si ça allait. Je supposai que c'est à moi qu'elle s'adressait. Je voulus répondre quelque chose de guilleret, mais alors une douleur scia ma bouche. Plus tard, on m'expliqua que j'avais avalé ma langue, qu'on avait dû aller la repêcher avec je ne sais quel outil en fer, en forme de croc, je suppose, vu l'état de ma dite langue.

Bref, tout était bien qui finissait bien, mes soucis étaient toujours là mais semblaient bien mesquins auprès de ce chant de victoire : « J'ai échappé à la mort ! »

Je profite de mon passage parmi l'aimable société pour m'élever en faux contre les soi-disant rescapés de justesse de l'au-delà et leurs prétendues visions stéréotypées. Je suis mort, essentiellement mort, pendant un certain temps. (J'ai oublié de demander combien. D'ailleurs, dès les pompiers et les médecins partis, il ne fut plus jamais parlé de l'incident, vous qui lisez cela en avez la primeur.) Si la mort est la perte de toute sensation, je fus mort. Je puis donc en toute connaissance vous affirmer ceci, et ce sera la conclusion de ce reportage en haut d'une échelle :

La mort est ni plus ni moins qu'une perte de conscience définitive, elle vous saisit bien doucement, comme le sommeil, un sommeil sans rêves. Pas de lumière mystérieuse, diaphane ou éclatante, pas de tunnel, pas de jeune fille transparente immatériellement belle, pas de bon vieillard à la grande barbe blanche, pas de colombe, rien. Rien. Le sommeil, ou plutôt l'endormissement. L'inexistant. La paix.

N'empêche que, le lendemain, on a marié Catherine. Il y avait là Gébé, Wolinski, Reiser, d'autres. J'avais remplacé la cravate par un foulard blanc afin de tenir cachée la très profonde et très noire sculpture en creux de la corde dans la tendre chair de mon cou.

MON JUIF

Une fois, j'ai vu un Juif. Un seul. Au carrefour de la *Köpenicker Landstrasse* et de *Baumschulenweg.* Il était tout vieux, tout petit sous une vaste casquette d'employé municipal ou quelque chose comme ça. Il maniait un petit bâton muni au bout d'une languette en fer avec quoi il grattait la rainure des rails du tramway pour en extirper cette cochonnerie noire qui peu à peu s'accumule et finit pas faire dérailler le tramway.

Il grattouillait consciencieusement, levant de temps en temps la tête pour tirer une bouffée de sa cigarette, appuyé sur son outil, et alors on voyait son étoile jaune avec « Jude » au milieu, juste comme en France, sauf qu'en France c'est en français, « Juif ».

Je l'ai vu depuis le camion qui nous transportait vers je ne sais quel champ de décombres. Il avait l'air tellement tranquille, perdu dans l'immensité de ce carrefour triste d'une banlieue triste… Je me suis dit : « Eh bien, tu vois, voilà où ils sont. » Ça corroborait. En France, les journaux expliquaient que les Juifs raflés étaient répartis là où l'on manquait de main-d'œuvre, et qu'ils travaillaient au bon air. On les enviait, nous, les pauvres cons du STO, on se disait : « Ça leur fait les pieds de bosser comme ça de leurs bras. » On ne savait pas. On aurait dû se douter. Mais ce petit vieux bien peinard avec son étoile… Maintenant, je me dis qu'il faisait partie du décor. Les inspecteurs de la Croix-Rouge devaient sourire, tout attendris.

LE LOTUS

J'étais allé dire bonjour au lotus. Ce n'était pas encore vraiment le moment. L'hiver avait été rude et tardif. Le lotus gardait frileusement clos ses boutons boursouflés, prêts à s'épanouir. Quelques initiés, déçus, ne se décidaient pas à s'en retourner bredouilles. Ils tournaillaient, jetaient un vague coup d'œil aux plantes voisines, nénuphars et autres spécimens aquatiques plus rustiques que l'oriental superbe au pied duquel foisonnait la verdure roturière.

Je ne dirais pas que nous formions un groupe car nous restions strictement étrangers les uns aux autres, nous contentant de nous reconnaître très vaguement pour nous être entraperçus dans les parages de la plante vénérée à l'occasion de l'éclosion du premier bouton de la saison ou de la chute du dernier embout d'entonnoir, que j'appelle ainsi parce que j'ignore le nom de ce… fruit?… et que pour rien au monde je ne me risquerais à en demander le nom à un autre amoureux du Grand Lotus, lequel, probablement, se révélerait aussi ignare que moi et pour les mêmes raisons.

J'ai lu, dans un gros dictionnaire, que le lotus pousse

à peu près partout, qu'il aurait même tendance à l'invasion de masse si on le laissait faire. Cela m'a surpris. Le seul lotus que j'aie connu est celui du Jardin des Plantes. Je le croyais merveille unique et très précieuse, et lui vouais un attachement non dénué d'une composante sensuelle due, je pense, à la nacre de ses pétales délicatement effleurés de rose s'évanouissant vers les blancs crémeux des cuisses des jeunes filles, tout en haut.

Je sus bientôt que je n'étais pas le seul admirateur de la fleur sublime. D'autres ombres furtives, comme moi-même, flottaient dans l'air léger de cette partie retirée du jardin botanique, autour du mesquin bout de bassin de ciment fissuré où triomphe, glorieux mais fort à l'étroit, ce soupir des dieux.

Ce jour-là, donc, lors d'une de mes pérégrinations parisiennes, ayant fait le détour pour saluer une dame orang-outan de ma connaissance — ma vieille amie Nénette —, je le prolongeai d'un second détour vers la résidence du lotus.

J'aurais dû m'y attendre. La petite Virginie était là, dévorant une part d'flan. C'était l'heure de son repas de midi. La petite Virginie se nourrit de parts d'flan partout dans le monde, d'omelettes-jambon quand c'est chez Panis. La petite Virginie tendit en direction du lotus son bras que prolongeait une part d'flan sérieusement entamée.

Elle dit :

— Il est en retard. J'ai froid. N'achetez jamais une part d'flan à Saint-Médard, ils n'ont pas le tour de main.

Peu de gens savent parler la bouche pleine sans vous envoyer des postillons de flan plein la figure. La petite Virginie sait.

La déception est mauvaise conseillère. Un individu notoirement entre deux âges, le front barré par la ride de la contrariété, dit :

— Nous lui faisons trop d'honneur. Finalement, à bien regarder, ce n'est qu'un gros nénuphar.

Mentalement, j'examinai la chose. Mais déjà la petite Virginie avait réagi :

— Nénuphar vous-même ! Et d'abord, qu'est-ce que vous avez contre les nénuphars ?

Cet homme contrarié toisa l'impertinente :

— Je suis pour l'égalité entre les plantes, sachez cela.

Je dressai l'oreille. Cette morne journée se déciderait-elle à naviguer vers quelque rivage intéressant ?

Je demandai :

— Comment l'entendez-vous ?

— Le culte imbécile qu'on rend à cette fleur à l'exotisme plutôt vulgaire me remplit d'indignation. L'humble pissenlit ne lui cède en rien en intérêt botanique, mais sa modestie le laisse ignoré des pesants amateurs de sensationnel. Il me semble qu'il y a là une injustice à réparer.

— Réparons, monsieur, réparons ! Fondons ici même et sur l'instant un parti que nous affublerons d'un nom sonore, acquérons des banderoles de calicot bien blanches et de la peinture bien noire, et entraînons à notre suite une foule enthousiaste en direction du palais de l'Élysée, c'est là qu'est le Pouvoir.

Cet homme épris de justice me regarda pendant un assez long moment. Je ne savais s'il allait me prendre dans ses bras et me donner un baiser ou s'il me collerait son poing sur le nez. Le savait-il lui-même ?

C'est alors que le faible mais bien reconnaissable

soupir d'un hymen qui se déchire effleura nos oreilles attentives. La fleur s'était décidée à s'ouvrir. Elle régnait, candidement perverse, sur l'Univers. Tout ne fut que pâleur rose.

Le justicier farouche était tombé à genoux : ses yeux irradiaient une adoration sans mélange. Je vis sur ses lèvres trembler le mot « pardon ». La petite Virginie en avait terminé avec sa part d'flan, maintenant elle se léchait les doigts. Tout était en ordre dans le cosmos.

Pissenlit… ? Je t'en foutrais !

L'EMPALÉ

En ces temps-là, à Nogent, la Marne opulente se partageait en deux bras de différente importance. Il y avait ce que nous, les mômes, nous appelions la « grande Marne » et, de ce côté-ci de l'île de Beauté, la « petite Marne » qui n'était rien qu'un étroit bras plus ou moins mort d'eau dormante.

L'île de Beauté avait certainement justifié son nom autrefois, quand le pays environnant était le village de Beauté, lequel, augmenté du village de Plaisance et de la petite cité de Nogent, fut offert, avec le château assorti, par Charles VII à la belle Agnès Sorel. Les services intimes que cette gente demoiselle lui prodiguait quotidiennement lui étaient infiniment plus précieux que les coups d'épée de Jeanne d'Arc, trublionne importune qu'il laissa rôtir par l'Anglais sans lever le petit doigt, sans doute logé en un doux endroit dont il n'avait nulle intention de sortir, le royal petit doigt.

L'île de Beauté s'allongeait, émergeant à peine de l'eau, tel le dos d'une baleine. Quelques arbres chétifs essayaient vaillamment d'y semer un peu d'ombre, une herbe étique y poussait par touffes espacées. Elle a disparu depuis, reliée à la berge, la petite Marne ayant été comblée. Dans les années trente, elle ne l'était pas et se glorifiait du titre d'île en toute légitimité.

Une des caractéristiques essentielles des îles consiste en leur isolement dans une étendue d'eau et en cette conséquence subséquente que, pour s'y rendre, il faut se mouiller ou affréter un bateau. Île de mer ou île d'eau douce, ce n'est pas le sel qui fait l'île, et donc, pour poser le pied sur le sol de l'île de Beauté, il fallait d'abord franchir une douzaine de mètres d'océan, à la nage ou en barque.

Aborder l'île était interdit, en principe. Elle appartenait à monsieur Pierre Champion, académicien Goncourt et maire de Nogent. Raison de plus pour aller s'y prélasser. Nous ne traversions pas la petite Marne, nous arrivions depuis le Champ-aux-Vaches, notre base de départ, située sur la rive d'en face, à Champigny. La Marne est à cet endroit très large, avec un assez fort courant. On faisait la course, et puis on s'affalait sur l'herbe de l'île, tout essoufflés.

Nous ne nous baignions jamais dans le bras entre l'île et la berge. L'eau, immobile et noire, y luisait d'un morne éclat. Nous y pressentions des maléfices. Nous préférions la libre étendue, la grande belle eau verte.

C'était un jeudi, jour sans école. Le soleil tapait dur, ça sentait bon la fin de l'année scolaire. Le Quatorjuillet était pour dans deux jours. Charlot Bruscini avait des pétards dans les poches de son futal resté de l'autre côté, au Champ-aux-Vaches, avec les loques qu'étaient censés surveiller ceux qui, ne sachant pas nager, n'avaient pas traversé.

Mains à la nuque, on goûtait le charme de l'heure.

Le gros Bébert Maloberti, seul, s'obstinait dans l'eau. Il gueulait :

— Ça y est, les mecs ! Je nage sous l'eau ! Là, vous me voyez plus !

On jetait un œil. Il respirait un grand coup et plongeait la tête dans la flotte. Son gros cul rose jaillissait en même temps au-dessus de la surface. On se marrait. Et plus il enfonçait la tête profond, plus son cul montait vers le ciel. La tête émergea :

— Vous avez vu, hein ? Je fais du sous-l'eau. Vous allez pas dire le contraire ! Vous pouvez toujours vous marrer comme des cons, moi je fais du sous-l'eau, moi !

Effectivement, on se marrait.

— Faut emmener ton gros cul, ducon ! Si tu le laisses en surface, l'ennemi saura que t'es juste en dessous.

On causait, quoi. Que faire d'autre, sur une île déserte ? Nous avions décidé qu'elle était déserte, nous ça comptait pas. Charlot, Mimile et Paulo tapaient une belote en fumant comme des malades, en ce temps-là le tabac ne donnait pas le cancer et une hirondelle faisait le printemps. Comment avaient-ils traversé à la nage sans mouiller les pipes ? un petit sac en toile cirée, le cordon serré entre les dents. Bon, ils étaient là.

C'est alors qu'une barque plate, comme celles dans lesquelles un vieux bougre à chapeau de paille, de ceux qu'on met aux chevaux pour le soleil, reste assis des journées entières à mater un bouchon de liège peint en rouge, attendant qu'il s'enfonce, comme si vraiment il y avait la moindre chance qu'il s'enfonce, une barque comme ceci comme cela, donc, aborda l'île par l'avant et racla le gravillon avant de s'arrêter. En descendit un jeune gars, plutôt bien mis par rapport à nous, avec un petit sac de sport à la main. Nous regardions.

Ce gars tira de son sac un maillot de bain en laine tricotée, bleu marine avec des bandes blanches et une ancre à l'endroit du cœur, ainsi qu'une serviette de toilette qu'il étala sur l'herbe parce qu'elle pouvait très bien grouiller de microbes, l'herbe. Ayant fait, il s'assit sur la serviette et se mit en devoir de remplacer, sur sa personne, le pantalon par le maillot de bain sans laisser dépasser le moindre bout de peau de couille, exercice de haute virtuosité. Paulo Mizzi remarqua :

— Même pas bonjour. Comme si on n'existait pas. Tu le connais, toi ?

— Non. C'est du Parisien. Ça vient par le train de la Bastille.

Ses divers accessoires dûment rangés dans le caleçon, ce gars se lève, exécute quelques mouvements d'assouplissement, tâte l'eau de l'orteil et plie les genoux pour plonger, côté petite Marne. Paulo Mizzi demande :

— On lui dit ?

Charlot Bruscini répond :

— Dis-lui, toi.

Paulo s'approche, lui touche le bras, dit :

— Faut pas te baigner là.

Surprise. Intérêt. Condescendance. Question :

— Tu vas me dire que c'est interdit ?

— C'est pas interdit. Enfin, pas plus qu'ailleurs.

— C'est à une bande ? Et la bande, c'est vous ?

Carrément méprisant.

— Pas plus de bande que de beurre au cul. Personne se baigne là, c'est tout. Il y a quelque chose, on sait pas quoi, mais personne se baigne là, dans la petite Marne.

Il y a comme des micmacs. Maintenant, hein, tu fais ce que tu veux.

— Et comment, mon petit pote ! Merci du renseignement.

Il se tient très droit, étend les bras devant lui bien à l'horizontale, on sent le gars qui s'y connaît, tout le monde regarde. Et hop, c'est parti pour le saut de l'ange du siècle.

Pas mal du tout, compte tenu du peu de hauteur. Il entre dans l'eau sans soulever une goutte, un vrai pro, et puis rejaillit aussitôt en même temps qu'un hurlement d'enfer explose de sa bouche grande ouverte. Des filets rouges ondulent dans l'eau noire, se rejoignent, se mêlent en un nuage rose qui empêche de voir ce qui se passe.

Ce qui se passe ? Ce gars s'est empalé. Son beau plongeon, il l'a terminé sur le trognon pourri d'un de ces piquets marquant les emplacements réservés où les pêcheurs à la ligne amarrent leur barque. Le bois pourrit à ras de la surface, le tronçon immergé, protégé par l'eau, invisible, reste fiché tout droit si on ne l'enlève.

Il s'était planté la tête en bas, puisqu'il plongeait. Le piquet l'avait cueilli en plein dans l'estomac, ça on a pu le voir quand il s'est mis à gueuler en frappant l'eau avec les mains, comme un qui se noie parce qu'il ne sait pas nager. Le piquet était tellement pourri qu'il avait cassé au premier choc, et maintenant il était comme fou d'horreur, le pauvre mec, avec son bout de bois qui lui sortait du ventre par ce trou, et tout le sang, et peut-être de la merde, on voyait pas bien, il gigotait tout le temps.

Les gars avaient la trouille, on sait pas trop de quoi, la trouille, quoi. On voyait au bout de ce pauvre mec s'amener une chiée d'emmerdes pour nous autres. Ils commençaient à plonger pour retourner vers le Champ-aux-Vaches où étaient leurs affaires avant que les flics arrivent. Un coup comme ça, ça les fait rappliquer, crois-moi.

Roger — je veux dire Roger Pavarini, mon inséparable — s'est déjà coulé dans l'eau, voyant ça je vais pour en faire autant, sans charrier on est les meilleurs nageurs, mais Roger me fait signe de rester sur la berge pour recevoir le colis. Lui s'est déjà placé derrière le gars, l'a couché sur lui et, les mains aux aisselles, il nage à reculons vers la berge. Comme l'autre gigote et lui balance ses coudes dans la figure, Roger lui colle une mandale de toute beauté qui le calme pour un petit moment. Enfin, bon, lui poussant, moi, à plat ventre, tirant, on sort le type de la baille.

Le trou avec le bâton qui pointait en l'air pissait le sang. Roger a ramassé la serviette dans l'herbe, l'a roulée en boule et pressée sur le trou, tout autour du bout de bois qui, il faut reconnaître, nous faisait vraiment chier. Mais on sait les choses. Par les romans policiers dont nous nous bourrions la tête, nous avions appris que, lorsque le couteau est resté dans la plaie, il ne faut surtout pas tirer dessus pour le sortir de là, car alors ce serait l'hémorragie massive et la mort par connerie et ignorance.

— Ça saigne moins que j'aurais cru, je fais remarquer.

— T'as raison. Peut-être que la grosse veine est pas pétée.

Ça saignait quand même pas mal. En plus de la serviette, on a fait tampon avec la liquette du mec, et puis son caleçon roulé en boule. Dans ce temps-là, on connaissait pas le slip, on portait des calecifs ou rien du tout. J'ai dit :

— Faut aller chercher du secours.

— J'y vais, a dit Charlot Bruscini.

— Va à la Compagnie des Eaux, c'est le plus près.

— Ils ont le téléphone, tu crois ?

— Ducon ! La Compagnie des Eaux !

Le long de la Marne, côté Nogent, il y avait des industries. D'abord la Compagnie des Eaux, qui pompait l'eau de la Marne et l'envoyait en ville, là-haut, ils avaient une machine à vapeur avec un volant immense, on disait que s'il cassait, ce volant, il crèverait le toit de l'usine et s'abattrait sur la ville, ça ferait plein de morts. À côté il y avait le Quinquina, les médicaments Bailly, et puis l'usine Ça-Va-Seul, qui faisait du cirage. Il y avait aussi le laboratoire de madame Curie, maintenant à l'abandon, tout le monde passait au large à cause du radium qui te saute dessus et te dévore tout vivant.

Il pense à tout, Roger. Pendant que Charlot fonçait téléphoner, à poil et tout mouillé, Roger a envoyé Paulo — c'est le seul qui restait — récupérer nos fringues au Champ-aux-Vaches, en cavalant par le pont, pas le temps de traverser à la nage.

Le gars ne criait plus. Il gémissait doucement en pleurant, c'était déjà plus supportable. On allait manquer de tampons pour le sang. Ça m'emmerdait de donner ma liquette quand Paulo l'aurait ramenée, à cause de maman, elle verrait bien qu'elle serait plus là.

Enfin Charlot revient avec le vieux docteur Walter et sa barbiche blanche. J'aime autant que ce soit lui, il fermerait sa gueule, question flics. Ce qu'il a fait au gars, je l'ai pas su, vu que je me suis tiré aussitôt, avec Roger, nos fringues sous le bras. On s'est reculottés en grimpant la rue du Port, qui monte salement. On a entendu le pin-pon des pompelards, il était juste temps qu'on les mette.

Ce qu'il est advenu de ce gars, j'en sais rien. On n'avait rien fait de mal, n'empêche, on sentait qu'il valait mieux se tenir à carreau. Il nous arrive, avec Roger, d'évoquer ce pauvre type avec sa trique qui pointait droit en l'air, et c'est plus fort que nous, nous v'là partis à nous marrer.

DEVENIR ÉCRIVAIN

On ne devient pas écrivain comme ça, par hasard. Moi, si. Comme j'étais devenu maçon, comme j'étais devenu dessinateur « humoriste » — je mets humoriste entre guillemets parce que ça vous a un petit air tout à la fois cucul-la-praline et prétentieux qui appelle les guillemets. Tous ces métiers que j'ai exercés successivement, plus quelques autres, dont technicien en chauffage industriel au mazout, me sont tombés dessus propulsés par la fée Nécessité assistée de son cousin Hasard. Le seul pour lequel j'avais opté en toute connaissance de cause et même subi les épreuves d'un concours assez trapu était celui d'agent des PTT, autrement dit postier, et ce n'est pas ma faute si je n'y ai pas fait carrière, passant l'un après l'autre les concours internes et, comme je ne suis pas plus bête qu'un autre, terminant à l'âge de la retraite dans la respectable peau du receveur d'un bureau d'arrondissement de Paris, ce qui eût fait de maman la plus crâneuse des mères de receveurs d'arrondissement. La printanière ruée tudesque de 1940 devait bousculer ces plans de carrière bien tracés et me lancer dans l'aventure d'un enfant de purotins sans connaissances spéciales qui doit trouver son quignon dans un pays vaincu, déprimé, où le travail n'abondait pas.

C'est ainsi qu'après un bref épisode de vendeur de poisson et de légumes sur les marchés — mais le marché s'écroula, littéralement —, je me retrouvai garçon maçon, puis raflé comme un con par le STO, classé « forte tête » et promu fouilleur de décombres à Berlin.

J'aurais fait un maçon tout aussi valable que le postier que j'ai failli être. Le métier me plaisait bien, je m'y donnais de tout mon cœur. Comme tout enfant de Rital, je serais devenu petit entrepreneur à la force du poignet.

Je passe les détails. C'est à la suite d'un méchant coup de pied en vache de la vie que, ayant le choix entre le suicide et le suicide, je choisis une troisième voie, celle de tout-envoyer-promener-j'ai-plus-rien-à-perdre, et je me suis mis à dessiner des petits machins pour faire rire, d'abord très bons puis, comme les bons se vendaient mal, des très cons, qui se vendaient un peu mieux. J'avais des idées, j'étais adaptable, je bossais comme un dingue, j'aurais, aussi bien qu'un autre, accédé à une honnête notoriété dans le milieu si j'avais persévéré. Mais je ne persévérai pas.

Je ne persévérai pas dans le dessin parce que, ayant fondé, avec Choron et Fred, l'inoubliable *Hara Kiri*, j'avais besoin de textes. Je m'y suis donc mis. Là encore, les circonstances ont tout fait.

Je ne peux donc pas vous la faire à la vocation irrésistible, au tenace combat contre ma famille ulcérée, à la rage d'écrire qui m'eût fait pondre un roman de mille deux cents pages à douze ans ou bien des nouvelles sublimes qu'obstinément, malgré refus et moqueries, j'aurais persisté à porter chez Monsieur Gaston Gallimard jusqu'au jour béni où Monsieur Albert Camus, Monsieur François Mauriac ou peut-être la femme de ménage, vidant la corbeille à papiers et jetant un œil distrait à ma prose écrite à la plume sergent-major, poussât le cri de la miraculeuse découverte.

Non. Je commençai à œuvrer dans les belles-lettres parce qu'il me fallait du texte. Je fis donc du texte. Et du bon. Aussi bon que les dessins des copains. Et j'y pris goût.

Bien sûr, si je m'improvisai fournisseur d'écrit, c'est que je savais être à la hauteur. Je le savais depuis l'école primaire et ses rédactions. Je ne savais pas ce que c'est qu'écrire, quand vous avez fait le plongeon, que vous ne remontez plus à la surface que brièvement pour avaler vivement une goulée d'air. Plus que le dessin, l'écriture vous accapare et vous isole, fait de vous un halluciné coupé de tout, et d'abord de la vie. Enfin, moi, c'est comme ça.

Je ne peux pas écrire sereinement, ligne après ligne, sillon après sillon, comme le bon laboureur des dictées de mes douze ans. Au début, si. Mais ce n'est qu'une mise en route. On cherche, on se tâte, par quel bout prendre ça, on salit du papier, des fois on panique… Et puis on se retrouve, trois ou quatre heures plus tard, à moitié à poil, crevant de faim et d'envie de pisser, un matelas de feuilles noircies d'encre devant soi, un peu à droite (on les prend vierges à gauche…), épuisé, vidé, rayonnant.

Le voilà, le métier qui me convenait. Jouir en travaillant, jouir par le travail, mesurer la qualité du travail au plaisir même qu'on y a pris… Si l'on ne parvient pas au plaisir, à éprouver les sensations qu'on veut faire éprouver au lecteur, ça peut n'être pas mal, mais justement, le « pas mal » est aveu d'échec.

Il y a des jours où l'on se sent fort comme le monde, des jours où l'on raconterait ses doigts de pied et ce serait un chef-d'œuvre. Il y a des jours où tous les sujets vous paraissent ternes, gris, sans intérêt, où l'on ne s'imagine pas essayant de donner vie à cette inertie, car même pour raconter l'ennui il faut être allègre et pétant le feu.

S'étonner soi-même. Se dire « C'est moi qui ai fait ça ? » après un dur mais exaltant combat… Oui, je me gobe, mais juste ce qu'il faut pour, dans les moments de doute, de détresse, me souvenir qu'existent aussi ces moments-là.

KAM'RADE COCHON

Ça devait être la troisième fois que, le soir, rentrant d'avoir remué les gravats pour dégager les macchabées du jour coincés dessous, nous retrouvions le camp mis en l'air, les baraques affalées à plat ventre dans la gadoue et les filles russes à quatre pattes, cherchant du bout des doigts leurs menus trésors dans la pénombre qui, bordée de rose et de mauve, tombait doucement sur le désastre.

Cette fois-là, c'était du sérieux. D'habitude, les baraques se contentaient de se coucher mollement sous le souffle de la bombe, toutes du même côté, comme un château de cartes, c'est ça, et de s'entasser au sol en une mince épaisseur, à croire qu'elles avaient été étudiées pour et qu'elles étaient montées sur charnières. Après tout, ils en étaient bien capables, les ingénieurs à croix gammée, d'avoir mis en place un système de ce genre. L'alerte passée, on redresse les pans de mur en bois léger, trois coups de marteau et c'est reparti.

Mais là, la bombe était tombée entre le camp et le talus du S-Bahn[1]. Le talus avait fait mur, le souffle avait

1. Métro non enterré.

rebondi dessus et était revenu éparpiller les cloisons de sapin — huit millimètres d'épaisseur, bouvetées, éléments strictement standardisés et interchangeables, ça peut servir si vous écrivez une histoire de la Seconde Guerre mondiale et pourquoi elle a été perdue : deux millimètres d'épaisseur en plus et l'Allemagne gagnait la guerre, qui sait?... — revenu, donc, éparpiller les cloisons de sapin en les déchiquetant vilainement. Il ne suffirait pas aux prisonniers russkoffs d'une journée de travail[1] et de quelques centaines de coups de schlague dans le cul pour rafistoler ces tristes bouts de bois imprégnés du suc d'humanités pas lavées, puant le suint d'orteil, la sueur d'entre-couilles, le pet de chou-rave et, dominant tout, l'infâme fragrance de la dévorante punaise, qui schlingue en mordant et mord en schlinguant, transformant notre beau rouge sang français en flaques de chiasse noire indélébiles.

L'Autorité avait donc dû nous transférer dans un camp voisin, moins grand que le nôtre mais on se tasserait, situé à quelques centaines de mètres, Scheiblerstrasse, le long du canal, et bordé sur un côté par un camp mystérieux occupé par des Russes, très étroitement gardé par des SS en noir à mitraillette sur le ventre et gueules spécialement de raies.

Ce camp provisoire était nettement moins primitif que notre camp d'origine, dont les tristes baraquements de misère foutaient le cafard, coincés entre de hauts immeubles ouvriers derrière des palissades de barbelés. Rien qu'un exemple : les chiottes étaient de vrais sièges avec eau courante, au lieu du vaste trou périlleux muni

1. Vingt-quatre heures.

d'une planche au milieu et situé à l'autre bout du camp. Moi qui, dans ma rue Sainte-Anne, n'avais connu que les chiottes « à la turque », j'étais épaté par tant de luxe.

Nous nous étions débrouillés pour rester ensemble, nous, la petite bande de dégourdis de la baraque numéro 4 qui nous estimions naïvement moins arriérés que le STO tout-venant.

Être admis dans la baraque 4 marquait une supériorité. J'étais bien le seul enfant de prolo de la bande, je ne saurais dire comment ça s'était fait. Ça sentait les gars qui lisent le journal, écoutent la radio, ont une opinion. Du petit-bourgeois sentencieux refaiseur de mondes. Prônant le communisme, mais à la sauce trotskiste. Membres actifs des Auberges de Jeunesse. De quoi envoyer la baraque entière en camp de concentration. D'autant que ça discutait dur, autour du poêle, tandis que se consumaient chichement nos trois briquettes quotidiennes.

Vingt bonshommes confinés dans vingt-cinq mètres carrés, ça peut donner de la bagarre au couteau ou de l'amitié à la vie à la mort. L'amitié avait gagné. Finalement, nous n'étions pas si mal que ça.

S'était établie une petite académie touche à tout. On apprenait — on s'apprenait — des notions hétéroclites mais passionnantes. Avant tout, les langues, cela va de soi. L'allemand, bien sûr, bien que les plus enragés prétendissent qu'il n'y aurait plus, la présente guerre terminée, ni Allemagne ni peuple allemand, et que c'était donc perdre son temps. À quoi les purs esthètes, dont j'étais, répliquaient par la beauté de la langue et la noblesse du geste gratuit.

Quant à la langue russe, personne ne doutait qu'elle serait le parler universel de l'avenir. Mais qu'elle était donc difficile ! Sur ce chapitre j'avais de l'avance, mon idylle avec Maria m'avait ouvert la sympathie des déportées russo-ukrainiennes, si bien que je donnais des cours de langue, régurgitant le soir d'un ton professoral ce que j'avais glané dans la journée, furtivement, car parler aux Russkoffs en dehors des stricts besoins du travail était formellement interdit, avec *Arbeitslag* à la clef.

Moi qui ne connaissais que les roucoulades de Tino Rossi et quelques chansons salaces où le père Dupanloup disputait la vedette aux couilles de mon grand-père, je trouvai sublime de chanter à trois voix des chansons de boy-scouts pour colonies de vacances ou des cucuteries allemandes très viriles où il était question de *Wandervogel*, de petites fleurs fidèles et de faire le tour du monde à pied sans arrêter de chanter.

C'était, donc, le soir. Je rentrais de la corvée quotidienne des punis, à savoir le déblayage après bombardement. Le vieux troufion, notre gardien, nous avait accompagnés chez le *Lagerführer*, nous avait remis en main propre en échange d'un reçu et, bon, je me dirigeais vers la cabine de la douche, histoire de dissoudre dans l'eau — peut-être même dans l'eau chaude, qui sait ? ça arrivait… — les poussières et miasmes à odeur de mort sur moi accumulés. Car, dans ce camp quatre étoiles, il y avait même une douche, je vous assure !

Devant la porte de la douche, il y avait du monde. À peu près le contenu d'une baraque, en comptant des lits à deux étages. Face à ceux-là, un seul. Arc-bouté des mains des pieds au chambranle de la porte. La masse grondait. Celui-là ne disait rien. Front baissé, cou renfoncé dans les épaules, il faisait face.

Je demandai ce qui se passait. Il se passait que ce gars,

frais débarqué de France avec un convoi de raflés, avait perdu son convoi lors du bombardement de la gare, avait du même coup perdu ses hardes et ses papiers, qu'on l'avait trimbalé de commissariats de police en permanences du *Deutsche Arbeitsfront*[1] et que pour finir un flic du commissariat du quartier l'avait jeté là, la firme propriétaire du camp trouverait bien moyen de l'employer.

Pourquoi, alors, tout ce chambard ? « Il ne veut pas prendre une douche. » Et alors ? S'il ne veut pas, il ne veut pas. « Oui, mais il schlingue que c'est pas supportable. Sale comme trente-six cochons. Les poux lui courent dessus, peinards, on les voit, et les morpions ! Pleins les sourcils, les morpions ! Ce que ça doit être dans son calecif, imagine ! Et les puces ! Le *Lagerführer* nous l'a collé, à nous, dans notre piaule. Bon, mais faut qu'il se laisse laver, merde ! Au savon noir. À l'eau de Javel. À l'essence. À la brosse en fer. Faut qu'on le tonde. Qu'on lui rase les poils du cul. Qu'on voie s'il a pas la chtouille. Ou la chaude-pisse. Ou la gale. Lui gratter la merde des fesses. Il s'est pas torché depuis sa naissance. Il se pisse dessus. Il a des rats crevés dans les poches, c'est sûr, et de la bouffe pourrie. Et des asticots. Et des mouches à merde… »

Je regardai mieux. Effectivement, il paraissait avoir tout ça. Pour ce qui est de puer, il puait ! Une croûte de crasse sur la gueule, pas moyen de lui attribuer un âge. Des mains noires, des ongles de mandarin chinois. Entortillé de loques, plus de trous que d'étoffe. Il avait dû traîner longtemps. Dans l'Allemagne nazie en guerre, c'était un exploit.

1. Le syndicat unique, dépendant du Parti.

Je demandai :

— Et lui, qu'est-ce qu'il dit ?

— Il dit rien. Rien du tout. Et quand il cause, on le comprend pas. Sauf ça : qu'il est venu travailler en Allemagne pour gagner des sous. Parce qu'il veut se marier, figure-toi. Ce tas de merde !

— Il est peut-être pas toujours comme ça.

— Tu rigoles. La crasse, c'est un vice. La preuve, ça n'a pas l'air de le gêner. En tout cas, se laver, il veut pas.

C'était donc un travailleur volontaire. Race honnie. D'habitude, ils ne s'en vantaient pas. On les chopait dans les coins, on leur faisait leur fête. De temps en temps, on en retrouvait un avec un couteau dans le ventre. Car les Chleuhs, vicieux comme tout, les mêlaient à nous. Celui-là s'en vantait. Bizarre. Il n'avait pas dû bien comprendre. Un simple d'esprit ? Ça expliquerait. En plus, breton du fin fond de la bouse ou quelque chose comme ça. Je m'étais laissé dire qu'il y avait encore des villages perdus où l'on ne connaissait pas le français. C'est alors qu'il se mit à brailler :

— J'voulons point me mouiller, dame ! J'voulons gagner des sous ! Plein de sous ! J'sons point un feugnant, moué ! V's'allez-t-y me laisser, sapré feugnants ?

Ce qui attira le *Werkschutz* de garde, lequel gronda :

— Vous pas lavé encore Kam'rade cochon ? Kam'rade cochon pas sent bon. Dix minutes je donne.

Puis s'en retourna piquer un roupillon dans son cagibi, loin des odeurs un peu trop françaises.

Survint Bob, dans le dessein évident de prendre une douche.

Qui était Bob ? Notre guide. Le chef spirituel de la piaule ex-4.

Le mot « chef » ne convient pas trop bien, s'agissant d'un trotsko-anarchiste militant — pour autant que j'aie compris — mais je n'en vois pas d'autre. Justement, le conflit entrait dans une phase nouvelle. Au cri de « On lui rentre dans le lard et hop, sous la flotte ! » la ruée fonçait, le gars allait y passer tout habillé, avec quelques coquards vachards en prime. Bob leva la main, dit « Ho ! » de sa voix placide. Il avait tout compris. C'était quelqu'un, Bob. Respecté même par ceux qui n'étaient pas de la 4. Son « Ho » suffit. Bob dit :

— Ce que vous faites n'est pas démocratique. La brutalité est un acte fasciste. Il faut convaincre ce camarade par des arguments tels qu'il consente de lui-même à agir pour son bien et le bien de la communauté.

Il lui fut répondu :

— Tout à fait d'accord. Tu l'emmènes dans ta piaule et vous faites ça chez vous, démocratiquement.

Bob et moi-même nous retrouvâmes en un clin d'œil seuls et face à face. Seuls avec le Kam'rade cochon entre nous. Bob renifla, fronça le nez. « Évidemment », dit-il.

Kam'rade cochon nous suivit sans rechigner. Du moment qu'on tournait le dos à la douche…

*

L'accueil de ceux de la 4 fut résolument cordial. Bob avait raconté, le pauvre plouc perdu, partout repoussé, tout ça. Nous allions régler ce problème en hommes responsables. Pas comme les égoïstes des autres baraques. On vota. L'unanimité fut pour l'adoption du camarade comme l'un des nôtres, honneur dont il ne manquerait pas de se montrer digne.

Le camarade restait visiblement sur son quant-à-soi. Recroquevillé sur lui-même, dos au mur, près de la porte. Prêt à bondir. Un chat traqué. Bob lui dit : « Tu es des nôtres. » Le petit Lisse, un garçon très soigné de sa personne qui n'avait pas défroncé le nez depuis la survenue du camarade, dit : « Bon. Maintenant, faut qu'il se lave. »

Bob dit : « Cela va de soi. » Et, se tournant vers le gars : « Tu vas gentiment prendre ta douche. Tu vois, nous ne te forçons pas. Tu es libre. Et naturellement tu ne veux pas empuantir la piaule et empêcher les camarades de dormir. Ton lit est là, au-dessus de celui de François. Tu peux y déposer tes affaires. »

Je fis : « Hé là ! » Ça m'avait échappé. Et puis, ne voulant pas rompre la généreuse unanimité, je modelai mon visage en un fraternel sourire. Qui resta sans effet visible. Le camarade persista dans son attitude farouche. Bob dit :

— Tu es intimidé. C'est normal. On est là pour t'aider. Tiens, on vient tous à la douche avec toi. Tu vois, t'as rien à craindre.

On se massa devant la porte, dehors. Mais lui, rien à faire, figé dans son refus, seuls ses yeux couraient de droite à gauche et puis revenaient. Bob dit :

— Il faut quand même que tu te laves, mon gars.

Sous le « mon gars », on sentait percer un je-ne-sais-quoi qui présageait des choses. Aucune réponse ne s'étant ensuivie, Bob dit, avec un rien de supplément de fermeté :

— Écoute. Si tu ne veux pas marcher, on va te porter. Tu es d'accord pour qu'on te porte ?

Le petit Lisse dit :

— Il a cligné de l'œil ! Je l'ai vu ! Ça veut dire qu'il est d'accord.

— C'est vrai, dit la Vieillasse (je ne me rappelle plus son vrai nom), je l'ai vu aussi. Il veut qu'on le porte.

— Dans ce cas, on y va, dit Bob.

Ce fut la ruée. En moins de deux le camarade fut fraternellement entouré, emballé, enlevé et porté à bras d'homme jusque sous la douche, qui jaillit aussitôt, froide comme la mort. Un hurlement désespéré couvrit le bruit de cascade. Le *Werkschutz* se montra :

— Vous laver enfin Kam'rade cochon. Bon. Frottez beaucoup fort. Je donne savon spécial cochons.

On frotta. Beaucoup fort. Sans le déshabiller, mais ce n'était pas la peine. Les loques tombaient par lambeaux. Il était plus immonde encore que tout ce que la méchanceté avait imaginé. Un jus coulait, noir, empesté, tourbillonnait et engorgeait le trou d'évacuation. Bob faufilait des coups de ciseaux dans la tignasse, coupait au petit bonheur la chance. Des paquets de cheveux tombaient, collés, grouillants de vermine.

Il fut enfin, sinon propre, du moins décrassé. On lui chercha des vêtements. Il n'en voulut pas, les arracha, les jeta au visage de Bob et des autres. On le remporta, à bout de bras, le posa sur son lit assigné. C'était l'heure de la soupe. On lui trouva une gamelle et de la soupe dedans. Une tranche de pain, même. Il dévora. Se torcha les babines. Nous regarda, enfin. Se tourna vers le mur. Se replia en chien de fusil. Rota. S'endormit, ou fit comme si. Dans la nuit, il me sembla entendre, venant d'au-dessus de moi, quelque chose comme : « Tas ed'feugnants ! »

Au petit matin, il n'était plus là. Le *Lagerführer* nous

prévint qu'on l'avait rattrapé à l'intérieur du camp, tout nu. Il avait décidé, lui, *Lagerführer*, de le garder comme aide-jardinier. Nous lui souhaitâmes bien du plaisir.

Il n'y a pas à dire, l'approche, d'un côté, de l'Armée rouge, de l'autre, des Ricains, adoucissait bien les rapports humains.

QUAND JE SERAI VIEUX

Il y a des choses, tout au long de ma vie, je me disais : « Je ferai ça quand je serai vieux », des livres : « Je lirai ça quand je serai vieux. » C'est ainsi que je me suis constitué une liste de choses passionnantes à faire, une bibliothèque de livres à lire, de quoi occuper une bonne douzaine de vieillesses hyperactives dotées d'un appétit de lecture insatiable.

Un jour, ayant décidé d'effectuer je ne sais plus quel menu labeur de maçonnerie amusante et ayant décidé, à mon habitude, de me le garder au chaud pour « quand je serai vieux », mes yeux tombèrent, comme tombent les yeux — je signale que seuls les yeux français « tombent » sur les choses —, sur un miroir qui se trouvait là, bêtement pendu à un clou, comme souvent ils pendent.

Je dois ici, avant d'aller plus loin, signaler une particularité qui, je n'en doute pas, doit être l'expression d'un profond trouble psychique, mais je ne vois pas bien lequel. Voici : je ne me regarde jamais dans un miroir. Je n'aime pas ma gueule. Je ne la supporte pas. Je me rase en me forçant à ne regarder que le petit carré de peau strictement de la largeur délimitée par la lame.

Je me voudrais plus… moins… Je ne sais pas, en fait. Quand, par mégarde, mes yeux tombent — encore ! — sur un miroir qui ne devrait pas se trouver là ou sur le reflet de ma déplaisante personne soudain apparu sur la vitre d'une devanture de boutique réfléchissant le soleil sous un angle insolite, un haut-le-cœur me fait sursauter, je blêmis et, vite, je regarde ailleurs. C'est ce qui m'arriva le jour dont je vous parle. Je me vis.

J'eus l'habituel haut-le-cœur suivi de l'habituel sursaut, je blêmis. Je blêmis deux fois. Une fois pour me conformer au symptôme psychique dont je vous parlais, une deuxième fois parce que venait de me frapper une évidence à laquelle je n'avais pas pris garde jusqu'à ce jour. Cette évidence, la voici. Deux-points, à la ligne :

Ce type que j'avais vu dans la vitrine, ce reflet de moi, oui, C'ÉTAIT CELUI D'UN VIEILLARD.

« Quand je serai vieux… » Mais c'est maintenant ! Je l'étais, vieux, et depuis un bout de temps, à en croire l'état de liquéfaction de cette pauvre gueule. Je ne m'en étais pas aperçu. À quel moment exactement passe-t-on la ligne ? Le salarié sait : au moment précis où les collègues lèvent leur verre de mousseux en lui offrant la canne à pêche du départ à la retraite. Le P.-D.G. sait : au moment précis où il fait virer sur son compte personnel les millions d'euros marquant son départ vers d'autres fructueuses destinées.

Moi, j'ai manqué de repères. Bon. Ne nous laissons pas abattre. Le moment est venu. Le « quand je serai vieux », c'est aujourd'hui. Le futur imprécis fait place au présent de l'indicatif, l'avenir radieux commence. Plongeons dans le tas de jolis projets remis à aujourd'hui. Attaquons les rayonnages serrés de livres sublimes mis de côté pour cet heureux jour.

Ouais… Seulement, la voix qui, naguère, disait « … pour quand je serai vieux » le dit toujours. Elle s'en fout, elle, du miroir, la voix. Et des mains qui tremblent, et de l'essoufflement, et des rides dessinées par un cochon, et de l'hiver, et de l'été. Et du printemps, tiens donc ! Elle dit « … pour quand je serai vieux » comme elle l'a toujours dit. Elle me suggère de relire un Balzac déjà trente-deux fois lu plutôt que me risquer à entrebâiller la première page d'*Ulysse* ou de *Belle du Seigneur*, ces monstres de beauté. L'heure n'en est pas venue. Quand je serai vieux, promis juré, je m'y mettrai. *Ulysse*, peste ! Je serais passé à côté d'*Ulysse*? Alors que je dévorais par douzaines à la file ces San-Antonio dont je n'ai retenu que les monologues de l'immonde Bérurier faisant le commentaire en tranchant une concierge ? Oh, mais, dès que je suis vieux, je m'y mets ! Et dans le texte original, ça me fera les pieds. Mais, pour l'instant, je vais m'envoyer pour la onzième fois *Les Travailleurs de la mer* en alternant avec *La Dame dans l'auto* du cher Japrisot. Ça se complète au petit poil. Avec peut-être un zeste de *Reine Margot* et quelques pages des doigts de pieds de Berroyer. La culture, ce sera pour quand je serai vieux.

LA PETITE VIRGINIE

J'ai peu d'amis. Aucun d'eux n'est une femme. Non que je les aie fuies. Ça ne s'est pas trouvé, voilà tout. Ou bien faut-il voir là quelque tour de mon inconscient, dans ce cas je n'y serais pour rien. De l'utilité de l'inconscient, cette insondable poubelle… À bien y penser, il me semble que je suis trop « sexué » pour que ça ait pu marcher. Quelles que soient les circonstances qui nous mettent en présence, je ne puis oublier qu'une femme est une femme, et qu'il y a du sexe dans l'air. Il ne s'agit pas de séduction, ou peut-être, si, quand même, un peu. Il ne me viendrait pas à l'idée de séduire un homme, je veux dire de l'épater par une réplique bien venue, un talent, un savoir… Je me suis souvent surpris à faire le beau parce qu'une femme était là, voire laide, bête, très peu attirante. Il ne me viendrait en tout cas pas à l'esprit d'exploiter ce furtif avantage pour nouer une relation plus intime. Étant donné une connaissance nouvelle, ou bien il ou elle me domine (m'épate, me charme) ou bien je le ou la domine, mais je suis à ce point égocentriste que je ne me rends même pas compte qu'il y a eu compétition.

Ce préambule sur l'amitié pour m'aider à analyser ce qui nous rassemble, la petite Virginie et moi.

J'ai l'air d'exhiber une conquête en faisant le faux modeste épaté tout le premier par la puissance — involontaire ! — de sa séduction. Ce serait concevable avec une bonne trentaine d'années de moins sur les épaules. Mais j'ai dépassé l'âge du vieux beau aux cheveux de neige, à la taille d'ancien champion d'escrime, pour m'installer depuis déjà un bon nombre d'années dans celui de l'homme de lettres chenu, fourbu, bossu, qu'une infirmière emmène à heure fixe au bout d'une laisse faire son petit pipi. J'ai vu une fois un exemplaire de cette catégorie au château d'Ô, que Reiser voulait acheter. C'était le châtelain, gâteux à couler par terre, il attendait la mort assis au soleil, appuyé sur sa canne comme un vieux Rital, présenté aux visiteurs par l'infirmière (on payait pour visiter, il était l'attraction). Bien accorte, ma foi, l'infirmière. Je ne me rappelle plus son nom. Jacques de Lacretelle, peut-être bien… Ça vous dit quelque chose ?

Bon. J'ai pas loin de cent ans, c'est de la belle âge mais c'est pas beau à voir, et je ne suis même pas de l'Académie française, ni de l'autre.

Tout ce que je sais de nous, de Virginie et de moi, je le tiens d'elle. Elle est notre historiographe.

Alors, voilà. Elle avait douze ans. Elle a lu un livre de moi. Elle m'a aimé tout de suite, très fort et pour la vie.

Elle est venue me le dire. Au Salon du Livre de Saint-Étienne, donc. Elle avait alors dix-huit ans, mesurait un mètre cinquante, si bien que je la voyais telle qu'à douze, âge où nous nous étions connus, sauf que moi je ne l'avais pas su « en direct ».

C'était mon époque faste. Je trouvais alors tout naturel qu'on m'admirât, qu'on m'adulât. Je n'étais déjà plus de la toute première jeunesse, alors je ramenais les enthousiasmes à des proportions moins paroxystiques.

En ce qui concerne Virginie, j'avais tort. Elle était réellement capable d'une telle puissance de sentiments comme aussi d'une inexpugnable constance. Elle m'écrivit. Beaucoup m'écrivaient. Ses lettres sortaient du lot. Il s'en dégageait quelque chose de naïf et de piquant bien rafraîchissant. Pas de compliments. Elle avait dit son admiration une fois pour toutes, on n'y revenait plus. Je répondais. Quelques fois. N'ayant pas le temps, ou ne sachant que dire, je m'en tirais par un petit dessin.

*

J'ai eu du pot. Encore. J'ai rencontré Virginie. Je ne saurais dire si ce fut du pot pour elle, en tout cas ça semble lui aller comme ça.

À peine avais-je refait sa connaissance que la maladie, en troupe serrée, me tomba dessus. La miss et ses copines envahirent le beau vieillard-bien-conservé-vous-faites-pas-votre-âge-combien-avez-vous-dit, commencèrent par lui casser les reins, lui fauchèrent les jambes et firent de ses doigts des grelots. Ça faisait beaucoup.

Je n'ai jamais eu une santé éclatante. Je n'avais cependant jamais souffert d'une grosse maladie, de celles qui vous collent au lit pour des semaines. Toujours patraque, jamais malade. Une espèce de costaud fragile, maigre et sec, « dur au mal » eût dit maman, elle-même bâtie sur ce modèle. Quand je compris que c'en était fini, et pour toujours, de mes interminables déambulations dans un

Paris dont mes orteils connaissaient chaque pavé par son petit nom, quand la grosse panique me saisit devant le refus absolu de ma main de donner forme au moindre signe d'écriture, quand chaque étage me fut un Himalaya, je passai par de bien sales moments.

La petite assista à cette lente descente aux enfers.

LE HOT DOG

Moi qui vous cause, j'ai vu naître le premier hot dog français. Je peux même vous dire où et quand. J'étais postier. Au bureau de poste qui fait le coin de la rue Amelot et de la rue du Chemin-Vert. C'est à la Bastille. À la pause de midi, avec les filles, on mangeait sa gamelle sur un banc. Les filles, leur gamelle, c'était plutôt un sandwich, par fierté de filles. Après, on se baladait.

Ils avaient inventé un truc formidable. « Prisunic », ça s'appelait. C'était comme un petit grand magasin, mais vraiment marrant. Un peu toujours l'air de faire la fête. La guerre contre Hitler venait de commencer, mais on n'y croyait pas vraiment. Et puis, on avait seize ans, tu parles si qu'on s'en foutait, de leur guerre !

Ça se situait au coin de l'avenue Ledru-Rollin et du Faubourg, je crois bien qu'il y est encore. Et là, on a vu un truc soufflant. Américain. C'était une fille, dans nos âges ou pas beaucoup plus, mais attention, sérieux, on voyait qu'elle travaillait dans les choses de progrès. Sur sa droite, une espèce de marmite, mais vachement moderne, avec de l'électricité dedans pour tenir au chaud des saucisses genre Francfort, sauf que les Américains ils doivent dire plutôt genre Hollywood. À sa gauche, un plateau avec dessus des petits pains mollets et de l'électricité pour les tenir chauds, eux aussi. Si tu regardais bien, tu voyais que les petits pains étaient juste de la longueur d'une saucisse.

Alors, bon. La fille, au milieu des deux, elle prenait à sa gauche un de ces petits pains, à pleine main, « comme on aimerait qu'elle nous prenne la bite, putaing cong ! » m'a soufflé à l'oreille le petit Ysorgane, qui était basque comme la moitié des postiers de Paris, et un vrai rigolo, mais pas toujours très délicat devant les filles. Les filles, elles pouffaient derrière leur main, comme quand on pouffe qu'on peut pas se retenir, mais en vrai c'était pour cacher qu'elles ne rougissaient même pas.

Cette jeune personne américaine, donc, saisissait un petit pain mollet, le plantait d'un geste assez sauvage, un vrai geste de cow-boy, sur une espèce de paf pointu en chromé qu'elle avait devant elle, dressé en l'air, elle enfonçait le petit pain jusqu'au fond — « Et ça, t'aimerais qu'elle te le fasse ? » a demandé Pontcharnier, un vrai Parigot, à Ysorgane, qui du coup a fermé sa gueule tandis que les filles se marraient, cette fois sans se cacher.

Elle a ôté le petit pain de sur le paf, et alors on a vu que ça faisait un beau trou bien rond, juste le diamètre de la saucisse, on se rendait compte que tout ça avait été calculé au petit poil, les Américains, y a rien à faire, et puis elle attrapait la fourchette, piquait une saucisse, la plongeait dans un grand pot de moutarde et l'enfonçait dans le petit pain, doucement mais fermement, jusqu'au fond. Ça sentait bon ! Ça donnait envie !

En l'air, au-dessus de la jeune fille américaine, il y avait un écriteau avec écrit « HOT DOG ». J'ai dit que ça voulait dire « CHIEN CHAUD » et que c'était marrant, parce que les Américains, c'est toujours la rigolade, Laurel et Hardy, tout ça. Mais eux, ils ne voyaient que la mignonne avec sur la tête un petit machin blanc comme les infirmières. Ça et ses cuisses, mettez-vous à notre place... Seize ans !

Cette merveille coûtait un franc. On s'est cotisés, on lui en a acheté un et on a tous mordu une fois dedans, même les filles, et pourtant on ne les a pas fait payer, parce que c'était des filles. Vachement bon, tiens.

*

Dès les premiers jours de la guerre, plein de pépères se sont retrouvés mobilisés, ce qui veut dire troufions. Deux ou trois millions, au moins. Ça en faisait autant de moins dans les bistrots. Les patrons de bistrot n'ont pas trop aimé, et les fabricants d'apéros non plus. On était sûrs que la guerre durerait huit jours, avec notre ligne Maginot, tout ça. Mais huit jours, ça peut suffire pour perdre les bonnes habitudes. Changer de marque d'apéro, par exemple. Alors un fabricant d'apéro, disons Dubonnet, avait eu une chouette idée pour se rappeler au souvenir de la clientèle. Et cette idée, c'était de faire des cadeaux aux troufions qui allaient mourir. (On causait comme ça dans le journal, mais on n'y croyait pas. C'est les Boches qu'allaient mourir.) Vachement patriotique.

Dubonnet, son cadeau, c'était un couteau. Ils appelaient ça « couteau de survie ». En fait, c'était un canif avec tire-bouchon et ouvre-boîte à conserves. Très plat, une tôle pliée en deux, DUBONNET gravé dans la tôle. Ça faisait des petits paquets plats, à peine plus épais qu'une lettre, il en arrivait par camions au bureau, un travail monstre, on triait sans trop râler, « Pensez à la joie du défenseur de la patrie... ».

Un vieux facteur m'a expliqué que c'était déjà comme ça en 14, que ces couteaux étaient de la merde, du fer-blanc destiné aux colonies, ce qu'on appelle officiellement de la « verroterie », pour en foutre plein la vue aux petits rois des tribus, que ça se fabriquait par tonnes et qu'ils avaient eu tout le stock pour pas cher, vu que les explorateurs, curés et militaires civilisateurs auraient autre chose à foutre en Europe dans les temps qui arrivent.

J'avais vu l'objet dans des paquets abîmés. Effectivement...

Il y avait un gars, il bossait aux casiers juste à côté des miens, « Tri général », il s'appelait Thibaudet. Rien à dire. Ni copain ni pas copain. Il en mettait un coup, voulait se faire bien voir du contrôleur et du receveur. Un jour, je le vois, gros comme une maison, se faufiler dans la poche un de ces couteaux de merde. Il faut dire que, dans l'enveloppe de cellophane, ça pouvait faire illusion.

La fauche dans le courrier était impossible. À cette époque. Et impensable. Le courrier était sacré. Thibaudet risquait sa place et la taule. Pour cette cochonnerie en fer-blanc dont même les rois nègres devaient rigoler et les enfiler un par un dans le cul des missionnaires ?

J'ai compris le lendemain, quand je l'ai vu pousser timidement le couteau et son emballage coquet vers la fille aux hot dogs, d'une main tremblante, les joues empourprées, l'œil baissé. Elle n'eut même pas le temps de voir l'offrande. Une main tavelée de taches de vieillesse s'était abattue dessus. Le receveur ! Pur hasard. Pur pas de chance. Il se contenta de virer Thibaudet, ne porta pas plainte.

De toute façon, tous autant que nous étions, les auxiliaires embauchés en septembre, nous nous retrouvâmes au chômage quand les Allemands, s'étant trompés de direction, au lieu de fuir vers Berlin se ruèrent sur Paris.

CARABOSSE

La vieillesse, je voyais ça comme ça. Le moment venu, je commencerais à sécher sur pied. Je suis le genre de mec qui se dessèche, pas qui s'enrobe. C'est les deux seules possibilités : le vieux qui se dessèche, la viande qui colle à l'os, ou bien le vieux qui s'enrobe, qui fait plein de mauvaise graisse. J'étais le cas numéro un. Enfin, je me voyais comme ça.

J'étais déjà maigre en mes enfances, les autres mômes se marraient de mes mollets de coq. Ça ne s'était pas arrangé en grandissant, j'évitais d'aller nager là où il y avait du monde, je n'ôtais mon pantalon pour conclure une belle histoire d'amour que lorsque la personne adorée était elle-même trop absorbée par les complications de sa propre dévêture et par les petites mines effarouchées qui — croient-elles ! — s'imposent en ces affaires pour prendre le temps d'examiner mon tour de mollet et, preste, je sautais cacher ma honte sous les draps. Bien sûr, toujours venait le moment où il fallait expliquer ce cliquetis d'ossements et ces chocs pointus qui l'intriguaient et la meurtrissaient, mais je déployais une telle fougue qu'elle pensait bien vite à autre chose, ne serait-ce qu'à protéger ses tendres appas.

J'étais, donc, long, voûté, maigre et plutôt jaunâtre de teint… Non, malgré mon souci de vérité, je me vante encore : j'avais le teint verdâtre. Carrément. Il m'arrivait de me dire que j'avais du pot d'être né à une époque où les hommes portent des pantalons. J'évoquais ce pauvre Voltaire, avec ses allumettes autour desquelles tire-bouchonnaient les bas blancs. Ça ne l'a pas empêché de réussir dans la vie, vous me direz, mais moi, réussir dans la vie j'en avais rien à secouer, je voulais avoir de beaux gros mollets ronds avec les muscles qui bougent sous la peau, comme mon pote Roger.

Je me voyais, en somme, une vieillesse prolongement de mon âge mûr, avec quelques rides, faut pas pousser, mais d'expression. De ces rides qui font dire : « Ce gars-là était fait pour s'épanouir quand les autres s'éteignent. » Pas forcément des mots d'esprit. Là, c'en était un, mais on n'est pas obligé.

Et, voyez-vous ça, ça en prenait tout doucement le chemin. De la vieillesse lumineuse, je veux dire. Quatre-vingts balais et des, pas bougé. Un peu embelli, même. Je me voyais déjà passer la ligne d'arrivée du siècle avec les félicitations du jury. Je plaignais les copains qui tournaient mayonnaise. Mayonnaise tournée, hi hi. Le ferai plus.

Et flaff, qu'est-ce qui me tombe sur la gueule ? Mademoiselle Parkinson. La fée Carabosse l'avait glissée dans mon berceau, bien planquée, avec mécanisme à retardement. Boum, voilà.

Qu'est-ce qu'on fait quand on apprend qu'on héberge un Parkinson ? On court chez le neurologue pour qu'il vous dise : « Cher monsieur, ce n'est pas du tout cette horreur. Vous avez un début de grippe, vous me faites perdre mon temps. » Ce neurologue-là n'était pas le bon. Il m'a confirmé que j'avais un beau Parkinson, encore bébé — c'est mignon à cet âge — mais qui offrait les plus brillantes promesses pour l'avenir proche.

J'aurais dû aller en voir un autre, les neurologues, c'est pas ce qui manque, j'aurais sûrement fini par tomber sur le bon. Mais une étrange langueur s'était coulée dans mes membres, une espèce de fatalité feignasse me collait la cervelle aux os du crâne... Je me suis installé dans mon destin pourri.

Je dis, comme tout le monde, « un » Parkinson. J'ai tort. Ce n'est pas un mec. Un mec ne pourrait pas être aussi méchant. Pas de cette manière, en tout cas. Au vrai, c'est une salope infâme, une sorcière aux yeux d'or, une cannibale qui suce les petits os, une de ces larves qui laissent la peau intacte et rose, et qui dévorent tout l'intérieur. Tout ce que vous voudrez, mais au féminin. Miss Parkinson. Pour la vie.

Traitement ? Y en a pas. Enfin, si, du palliatif. Le cerveau perd ses légumes, on les remplace tant bien que mal par de l'artificiel. Ça retarde l'échéance.

Au fait, c'est quoi, l'échéance ? Légume ? Cinglé ? Paralytique ? Pas moyen d'avoir une réponse nette. J'ai vu un académicien, une fois, sur un fauteuil, oublié dans un coin. C'était ça. Ça bavait. Ça tremblotait des badigoinces. Derrière le fauteuil, une jeune fille, un mouchoir à la main. Bon. Regarde-le bien... Oh, et puis, merde, ce putain de chapitre, on va pas se le finir dans la tristesse et l'amertume ! Champagne, jeune fille, et que ça saute. Et tous ensemble entonnons :

Il est des nôtres !
Il a bu son verre comme les autres !

LA PETITE VILLE

La petite ville attendait, étalée au soleil. Resserrée autour de sa rue principale, qui n'était autre que la route de l'Est, elle respirait le bonheur tranquille des bourgades vivant du lait de leurs vaches et du fromage qu'elles en tirent. Quelques fumerolles incongrues se hissaient, paresseuses, dans l'air limpide, les avions russes n'avaient pas voulu se montrer méchants, juste deux ou trois coups de semonce pour annoncer : « On arrive. »

Les rues de la petite ville étaient comme mortes. À chaque fenêtre pendait un linge blanc, drap, serviette ou caleçon long, ce qu'on avait pu trouver pour bien dire ce qu'on avait à dire, tout cela visiblement usagé, ce n'est pas une raison parce qu'on se rend sans condition pour gaspiller ce qu'on a de meilleur.

La petite ville se rendait, s'agenouillait, s'aplatissait. Le *Bürgermeister* avait arraché de sa boutonnière l'insigne sacré du Parti, avait fait rafler tout ce qui portait l'arrogante croix dansante, décrocher les portraits du Führer bien-aimé, et de tout cela avait nourri un grand feu. S'il l'avait pu, il aurait, à l'entrée de la petite ville, fait ériger un grand panneau peint en rouge avec, au milieu, une faucille et un marteau entrecroisés, mais la petite ville ne recelait, entre ses honnêtes murailles, aucun matériel de ce genre, et le *Bürgermeister* ne savait pas dessiner.

Telle était la petite ville lorsque nous l'avions traversée, Maria et moi, quelques heures plus tôt. Depuis deux jours nous courions la campagne, ayant réussi à tromper la vigilance haineuse des SS qui harcelaient la colonne. Des SS à vélo ! L'Allemagne de Hitler expirait dans le ridicule.

Comme nous traversions la petite ville, un avion solitaire avait lâché une rafale désinvolte qui avait fait dégringoler les vitres d'une fromagerie où des silhouettes en uniforme *feldgrau* s'empiffraient de caillé, dernière petite joie avant le camp de prisonniers.

Nous marchions, la joie au cœur, cherchant l'endroit où se ferait notre jonction avec l'Armée rouge. La joie au cœur, mais aussi pas mal d'appréhension : nous savions que les Russes n'avaient aucune tendresse pour ceux des leurs qui s'étaient « laissé » déporter chez l'ennemi. J'étais décidé : s'ils envoyaient Maria dans une de leurs terrifiantes Sibéries, j'irais aussi.

À quelques kilomètres au-delà de la petite ville, nous avions trouvé une maisonnette abandonnée, à l'écart de la route, et avions décidé que ce serait là. D'ailleurs nos jambes n'en pouvaient plus. Les ficelles dont j'avais équipé la vieille valise de cuir avec laquelle maman était « montée » à Paris quand elle avait quatorze ans sciaient cruellement les épaules de Maria.

Seulement nous n'avions rien à manger. Je dis à Maria : « Je cours jusqu'à la petite ville, je rafle deux trois trucs à bouffer et je reviens aussi sec. Toi, ne bouge pas d'ici. Tiens la porte fermée à clef. Compris ? » Elle dit :

— Fais vite. J'ai peur.

Je fis le chemin en sens inverse. La petite ville n'était plus morte. Une activité nouvelle animait ses rues. ILS étaient là.

Le premier uniforme soviétique qu'il me fut donné de voir était celui d'une femme-soldat, toute mignonne dans ses bottes souples, une gueule de peau de vache, raide, comme montée sur ressorts, qui réglait la circulation avec, au bout de chaque bras, un truc à manche muni d'une rondelle rouge bordée de blanc.

Tanks, camions, canons, side-cars, et même charrettes lancées au grand galop déboulaient de la rue principale de la petite ville pour se ruer sur la grand-route dans un fracas monstrueux. Des troufions, vêtus de cet uniforme qu'ils ont, d'une couleur oscillant entre le mauve lilas mourant et le jaune caca d'oie malade, tout mou sur le corps comme une chemise un peu trop grande, aux mollets les bottes, molles aussi, perché sur le côté du crâne tondu à zéro comme une limace sur un melon, le calot. Mitraillette au poing. Ils entraient et sortaient tranquillement chez les gens, les bras chargés, les poches gonflées de montres à trois sous. Mystérieuse fascination des montres sur le guerrier… Après la victoire sans combat, le pillage pépère.

Un type en uniforme, pas mal bourré, vient à moi, me colle une mitraillette sur le ventre, demande :

— *Chto ti ? Niemetz ?* « Qui es-tu ? Allemand ? »

Je me débrouillais pas trop mal en russe, il le fallait bien, Maria ne parlait que sa langue. Je répondis :

— *Ia Frantsouz.*

Le Russe m'ouvrit grand les bras, me serra sur son cœur, pleura, m'embrassa sur la bouche et, pour finir, me tendit son revolver en disant :

— Fais attention ! Ces Boches sont sournois. Ne tourne jamais le dos.

Il retourna faucher un souvenir pour sa fiancée, me laissant tout con, son gros engin au poing.

— Fous-moi ça en l'air, une fois, hein ! Suffirait qu'un autre te voie avec ça dans la main et il pourrait bien t'abattre sans chercher plus loin, sais-tu bien ?

Ça, c'était un gars en uniforme kaki bien avachi, avec KG en grosses lettres dans le dos. Un prisonnier de guerre. Belge avec excès.

J'étais bien de cet avis. Un égout entrouvrait les lèvres à ras du trottoir, j'y jetai l'engin de mort. J'étais tombé sur un Belge bavard. Il me racontait ce que je voyais.

— Ils sont entrés ici-dedans comme à la promenade, sais-tu bien ? C'est tout juste si le maire ne leur a pas offert un vin d'honneur. Ça est quelque chose, ça, tout de même ! Si je te dis que pas un coup de feu n'a été tiré, pas un seul… Ils étaient tous nazis comme c'est pas permis, une fois, hein, ils juraient de mourir pour le Führer. Remarque, moi, au fond, je suis plutôt content que ça se soit passé dans le calme et la bonne humeur, parce que, sais-tu, une balle perdue est vite attrapée, une fois, sais-tu ?

Il prononçait « Seilles-tu ? ».

Je sursautai. Le Belge aussi. Quelque chose comme une fusillade nourrie venait d'offusquer nos oreilles. Je dis : « Vin d'honneur, eh ? » le Belge était soucieux :

— Et voilà ! Ça est bien ça que je craignais. Ces petits cons, une fois !

— Quels petits cons ?

— Les morveux de la Hitlerjugend.

*

La petite ville avait bien fait les choses. Dans sa ferveur pour le Führer elle avait offert à ses jeunes héros de la Hitlerjugend un centre de réunions et d'activités patriotiques diverses qui était un véritable blockhaus. Bâti aux frais des contribuables locaux, d'ailleurs enthousiastes, il était la fierté de la petite ville et un exemple de civisme pour les cités voisines. Le Belge m'expliqua cela.

Ces « morveux » en culottes courtes, le fils du *Bürgermeister* en tête, devant l'inexorable avance de l'Armée rouge avaient juré de sauver l'honneur. Et s'étaient enfermés dans leur bunker.

Tout s'était réglé au mieux. L'héroïque folie que craignaient les gens raisonnables n'avait pas eu lieu. Les uniformes boy-scouts de la Hitlerjugend n'avaient pas paru, pas plus que leurs porteurs. On les supposa terrés dans leur château fort, ruminant l'amertume du moment. On respira.

Un militaire ne se sent pas à l'aise dans la solitude. La force de l'armée est dans le nombre. Les soldats russes se répandaient dans la petite ville, mais par groupes bien serrés qui ne s'éloignaient guère du centre. Un sergent aux joues roses, moins grégaire que ses camarades, s'aventura, nez au vent, dans un faubourg quelque peu excentrique. Et n'en crut pas ses yeux quand il vit, là, devant lui, au détour d'une rue bordée de pavillons coquets et de cerisiers en fleur, un massif bâtiment aux murs de béton percés de meurtrières le long desquels dégoulinaient, depuis le toit, d'immenses oriflammes d'un rouge ardent arborant orgueilleusement en un cercle blanc la croix maudite, l'araignée dévoreuse de mondes, le symbole mille fois haï pour la destruction duquel il s'était forcé un chemin de ruines et de mort depuis le fin fond de sa Sibérie, le petit sergent.

L'orgueilleuse bâtisse le défiait, lui, Igor Vassilievitch Kouznetsine, sergent de première classe, décoré à Koursk et à Smolensk, et avec lui la glorieuse Armée rouge, libératrice des peuples. S'étant prudemment approché à une centaine de mètres, il entendit, dans l'épais silence, tonner soudain un chant barbare, un chant de meurtre hurlé par un chœur de démons. Ces démons avaient des voix d'enfants. Certains muaient, ce qui produisait des discordances qui accentuaient la méchanceté de l'ensemble. Igor Vassilievitch avait le rare privilège d'entendre le *Horst Wessel Lied*, l'hymne sacré du Parti national-socialiste, mais il ne le savait pas.

Ce qu'il savait bien, par contre, c'est qu'il était tombé sur un nid de fascistes qu'il importait de nettoyer. Il courut soumettre la chose à ses supérieurs, qui firent le nécessaire. Et voilà pourquoi une escouade de fins tireurs, embusqués dans les maisons et les recoins tout autour du fortin, s'efforçait de faire mouche sur les assiégés dès qu'ils montraient le bout de leur nez et de leur fusil à une ouverture pour s'offrir un fantassin russe comme au tir aux pipes en terre.

C'est que la position avait été mûrement calculée par les enragées petites vermines lors de la construction de leur centre de loisirs-forteresse. Non contre une éventuelle invasion par les Russes, hypothèse tellement invraisemblable qu'elle ne faisait même plus rire, mais bien pour prévenir on ne sait quel sursaut des couches s'estimant opprimées contre le pouvoir bienfaisant du Führer. Ces gosses ne trichaient pas. C'étaient de vrais fanatiques, et quand ils parlaient de mourir et de tuer, ce n'était pas paroles en l'air.

Les angles avaient été établis de telle façon qu'il était strictement impossible d'atteindre un tireur opérant depuis le bâtiment. Chacun des adolescents enfermés là était un tireur de première force, parfaitement entraîné et brûlant de montrer ce qu'il savait faire.

Les Russes ne s'étaient tout d'abord pas assez méfiés. Six des leurs jonchaient le sol. Pas un garçon n'avait été touché. Les insolentes bannières pendaient toujours jusqu'au sol, les croix diaboliques dansaient dans la brise leur ricanante danse macabre. Un phono à manivelle déversait à toute volée des marches durement scandées appelant au meurtre et des proclamations du Führer.

Dans la pénombre des recoins luisaient des yeux : les mères.

Le capitaine russe, qui se débrouillait en allemand, fit quérir le *Bürgermeister*.

— Vous avez arboré le drapeau blanc. Vous avez, au nom de vos concitoyens, signé la reddition entre mes mains de votre ville. Ce qui se passe ici est un acte de trahison.

— Je n'y suis pour rien.

— Vous ne l'avez pas empêché. Je vous considère donc comme complice. J'apprends, d'autre part, que votre fils est là-dedans. Ce serait même le meneur.

Le *Bürgermeister* baissait la tête. Le camarade capitaine était de bonne humeur. Il dit :

— De quelque endroit qu'on se place pour tirer sur vos galopins, on est sûr d'être abattu. Je vous propose ceci. Placez-vous où vous voudrez avec ce fusil (il lui tend un fusil) et mettez votre fils en joue. De deux choses l'une : ou, plaçant le Parti par-dessus tout, il vous tuera, ou bien, refusant de tuer son père, il vous épargnera et c'est vous qui le tuerez. Je parie pour la solution numéro deux. En tout cas, cela épargnera des vies soviétiques, qui sont infiniment plus précieuses que vos misérables vies de porcs lâches et criminels.

Je ne fus pas le témoin direct de l'anecdote. Quand la fusillade avait commencé, je m'étais avisé que Maria m'attendait, exposée à tous les dangers. Chargé de quelques nourritures raflées au passage, j'avais repris la route menant à la maisonnette. Il était d'ailleurs déjà trop tard, mais cela est une autre histoire.

La suite, c'est le Belge qui me la raconta, une quinzaine plus tard, quand, dans mes pérégrinations à la recherche de Maria, il m'arriva de repasser par la petite ville. Lui-même s'était accommodé de l'occupation soviétique en attendant de se joindre à un convoi belge pour retourner au pays. J'avoue n'avoir pas écouté son récit avec l'émotion qu'il méritait, bouleversé que j'étais moi-même par la disparition de Maria.

Alors, voilà. Le père et le fils étaient restés, face à face, le fusil à l'épaule, l'œil rivé à la ligne de mire, paralysés. Cela dura longtemps. Cela aurait duré plus longtemps encore si le capitaine russe, déçu dans ses espoirs de voir l'un tuer l'autre, ou l'inverse, n'avait tranché la question de façon radicale. Quatre canons antichars, à tir tendu, avaient pulvérisé le bâtiment et le *Bürgermeister* avec. La dynamite avait achevé de nettoyer le quartier.

Cette histoire ne comporte pas de moralité.

DE LA SURDITÉ, ET AUTRES ENNUIS

Quand j'étais petit, je m'amusais à faire l'aveugle. Je fermais les yeux serré serré, et je m'interdisais de les ouvrir tant que je n'aurais pas atteint la fenêtre, par exemple. Naturellement, je les ouvrais bien avant, et chaque fois je constatais que je n'étais nullement allé vers la fenêtre, mais très à droite ou très à gauche. Une fois, une seule fois, j'ai réussi à tenir jusqu'au bout. La fenêtre était ouverte, je suis passé au travers. Je suis tombé dans la rue, elle n'était pas trop basse, c'était chez ma tante Marie, la sœur de papa, qui était concierge.

C'étaient des expériences. On m'avait appris à l'école. Je voulais tout juger par moi-même. Je notai : « Les yeux sont utiles pour voir clair. » Ayant recommencé en ne fermant qu'un seul œil, je constatai à ma vive surprise que j'y voyais autant qu'avec les deux. Cela me contraria très fort car, sûr de moi, j'avais déjà inscrit dans mon petit carnet cette remarque anticipée : « Avec un œil, on voit moitié moins qu'avec deux. » Ma jeune foi dans les mathématiques en fut ébranlée.

Cela explique pourquoi, ayant perdu l'usage d'une oreille quelque part dans Berlin, je ne fus nullement surpris d'entendre aussi bien qu'avec deux. La science a beau être rusée, elle ne m'aurait pas deux fois.

Le seul effet notable de cette semi-surdité fut que, si l'on voulait me parler à l'oreille et qu'on se trouvât à ma gauche, il fallait faire le tour pour s'adresser à la rescapée. Je ne sais pourquoi, les gens désireux de me confier leurs secrets m'abordaient à tout coup par la gauche. Ce doit être l'oreille des secrets, l'oreille des fripons. Je leur faisais signe de changer de côté, ce dont ils s'empressaient. Quand il y avait du complot dans l'air, ça faisait autour de moi un va-et-vient tourbillonnant et pas mal de jurons, car certains se trompaient de sens et vous voyez le tableau.

Je ne comprenais pas qu'on rie des sourds. D'autant qu'on ne rit pas des aveugles. Pourtant, c'est plus marrant, un aveugle, ça se cogne partout, on lui fait manger une tartine de caca en disant que c'est du pâté… Oui, la rue Sainte-Anne, à Nogent-sur-Marne, n'était pas l'école de la délicatesse.

Un sourd, faut se démener si on veut rire avec ça.

Jusqu'au jour où les frimas accumulés firent de mon unique oreille un ornement sans grande utilité. Quelqu'un disait quelque chose autour de la table ronde. Personne ne lui répondait. Je trouvais ça goujat. Et puis je voyais tout le monde se marrer en me regardant. Alors, je comprenais. Mais comme j'étais vexé, je faisais semblant que pas.

La surdité rend hypocrite, on ne le dira jamais assez. Hypocrite, j'entends, pour le bon motif. Pour ne pas faire de peine. Car, savez-vous, quand quelqu'un vous parle longuement de quelque chose que vous soupçonnez important, si soudain il prend conscience que vous n'avez pas entendu une seule syllabe de sa confidence, vous lui faites une peine considérable. Si vous avez un cœur tendre, vous vous efforcez de donner à croire à votre interlocuteur que vous suivez pas à pas son propos, et, pour cela, vous imprimez à vos traits les expressions que vous estimez correspondre aux péripéties, sentiments et opinions que son propre visage reflète.

Je ne vous cache pas que c'est là un exercice périlleux. Combien d'amitiés ont-elles résisté à un clignement d'œil mal à propos ? Soyez sobre et ambigu dans vos gymnastiques faciales. Une grimace peut toujours se rattraper si elle n'est pas trop appuyée.

Si l'on vous questionne — cela se devine à la mimique du questionneur et j'aimerais, à ce propos, faire une remarque au Français, si moqueur envers la volubilité manuelle des Italiens, qu'il abuse, lui, de grimaces très laides mimant ce qu'il décrit avec non moins de prodigalité —, si l'on, donc, vous questionne, portez brusquement les mains à votre abdomen, bafouillez une vague excuse et courez là où l'on court quand le besoin parle. Restez-y le temps que la conversation change de sujet. N'oubliez pas de tirer la chasse.

Être sourd n'est pas un problème crucial pour peu qu'on soit vigilant et prompt à la parade. Être sourd et parkinsonien exige déjà une certaine virtuosité. Être sourd, parkinsonien et constipé fait de votre vie une véritable ville flottante. Être sourd, tout ça, et un peu con, il faut être moi pour y survivre.

Non, n'y comptez pas, je ne vous narrerai pas mes constipations. Il y a quand même des choses sacrées... Quoique... Non, décidément non. Un sursaut de fierté, Cavanna ! C'est dommage, parce que c'est vraiment la plus drôle, la plus imprévue, la plus intimiste, la plus pensée, la plus lyrique, la plus angoissante, la plus scientifique, la plus poétique, la mieux écrite, la plus riche en virgules vigoureuses et en imparfaits du subjonctif faits à cœur de tout le livre… Tant pis.

N'empêche que tout ce que je viens d'avouer, je le suis. Et j'ai la prétention d'être aimé.

Et pourquoi pas ? Sourd, ça ne se voit pas. Parkinson ne se voit pas trop, sauf quand la miss rentre saoule et s'amuse à me faire trembler des pieds à la tête, mais c'est assez rare. Constipé, ma foi, si je ne vous l'avais pas dit, vous ne le sauriez pas. La vertèbre cassée non plus, quand je pense à me redresser. Un peu con, là… Ça se voit, un peu. Mais, bon, nul n'est parfait.

L'OMELETTE

Je me souviens très bien. C'était un mardi. Ça ne pouvait être qu'un mardi. Le mardi, j'arrive de la campagne. En fin d'après-midi. Le taxi m'avait déposé devant le portail, le grand, gros, vieux, rébarbatif portail de la rue des Trois-Portes, numéro 10. Le taxi, c'est parce que j'avais encore la tête pas tout à fait remise à l'heure depuis l'instant juste avant le choc, l'instant où je vis soudain le cul de la bagnole du père de famille qui roulait devant moi FONCER tout à coup VERS MOI, instant pire que le choc qui va venir tout de suite après, le dixième de seconde où on le voit arriver, le malheur, qu'il n'y a plus rien à faire que gueuler « Merde ! » et « Putain ! » de toutes ses forces ou en dedans, ça dépend de l'éducation. On m'avait réparé, on avait soigné la bagnole, nous étions l'une et l'autre comme neufs, mais ce terrifiant moment de juste avant le choc m'avait, pour ainsi dire, traumatisé l'âme, et la voiture restait à la maison, bien au chaud. Moi, je prenais le taxi.

J'arrive donc. Le porche, la cour, la porte en bois, me voilà chez moi. Il va faire clair, il va faire chaud, tout ça au bout de mon index. J'appuie. La grande nuit d'avant les temps me tombe dessus, féroce. Le froid intergalactique me momifie. J'appuie sur tous les petits machins où il convient d'appuyer dans ces moments de détresse, je cours d'une ampoule à une autre, que dalle. Une certitude terrifiante m'envahit peu à peu, en commençant par le bas. J'allais passer la nuit là-dedans... Sans même pouvoir me faire chauffer une soupe en sachets. J'avais les sachets, j'avais la poudre dedans, j'avais l'eau, j'avais même du sel pour renforcer, j'aime manger salé. Il me manquait juste cette chose impondérable, le courant.

Mon téléphone, à cause du fax, fonctionne sur le courant EDF. Donc pas de téléphone. J'avais des bougies. Je n'ai jamais su ce qu'elles foutaient là, mais je les ai embrassées. Sur la bouche. À la lueur réticente de la bougie, j'ai retrouvé une facture EDF avec téléphone en cas de panne. Sachez-le dorénavant, en cas de panne le salut se trouve sur la facture, en haut à gauche. Une jeune voix m'a répondu : « On arrive ! » Il y a des moments, dans la vie, où le bonheur du soulagement justifierait presque l'angoisse de la catastrophe.

C'est là qu'on découvre qu'on a des voisins. Je m'étais souvent demandé ce qui pouvait bien gîter dans la petite maison au fond de la cour. « Cabinet d'avocats », oui, mais encore ? J'en vis jaillir un quarteron de grandes jeunes filles très comme il faut, interminables comme elles sont maintenant, très boy-scouts, très démerde, qui prennent d'autorité le bazar en main, virent une stagiaire pour m'offrir fauteuil et bureau, s'inquiètent : « Avez-vous chaud ? » « Avez-vous soif ? » « Le pipi c'est par là. » « Ça peut être long. Vous avez du travail ? » J'aurais dit non, elles m'auraient donné une plaidoirie à rédiger. Un coq en pâte. On dut renvoyer tous les autres habitants de la cour qui faisaient la queue dehors pour me venir en aide, m'apportant qui des chaussettes chaudes, qui un bol de bouillon, qui de l'encens, qui de la myrrhe… Un immense cri de joie m'annonça qu'une casquette EDF était en vue. On porta le gars en triomphe jusqu'à moi. Je lui donnai l'accolade.

Ce spécialiste fit ce qui devait être fait. Lorsque parut la lumière, un formidable « Ah ! » de bonheur monta tout droit de la cour jusqu'au ciel. Ayant remercié tout un chacun par un vibrant discours, je réintégrai mon royaume.

*

C'est à ce moment que parut la petite Virginie.

Bousculé par le destin, j'avais oublié. Mardi. Six heures pile. La petite Virginie vient manger l'omelette. Moi, je regarde la petite Virginie manger l'omelette. Je pense qu'il faut expliquer.

La petite Virginie travaille aux antipodes. Au moins douze stations de métro avec deux changements. Le mardi, elle me rend le boulot qu'elle a fait pour moi pendant le week-end. À six heures, elle hurle de faim. Moi pas.

Elle va s'enfiler une omelette monstre chez Panis, la brasserie qui fait le coin du pont. Chez Panis, on peut s'envoyer toute la journée — et même la nuit — des omelettes mahousses et rien d'autre, à part des tartines de fromage de chèvre. La petite Virginie, sourcils froncés, se choisit une place, sur quels critères je ne sais pas, s'installe, plie ses affaires avec soin, ouvre la bouche en rond pour former la première lettre du mot « omelette », qui est justement un O, et tout le café Panis hurle d'une seule voix : « Une omelette-jambon, une ! » Une basse ajoute, en solo : « Et surtout pas de sauce sur la salade ! »

La petite Virginie rougit de plaisir, l'omelette vient se poser devant elle, somptueusement baveuse, un monstre. Elle vérifie que le jambon est là où il doit être, que la salade est vierge de toute sauce, contemple le paysage dans son assiette d'un œil qu'embue le bonheur et, ma foi, se jette dessus.

Et qu'est-ce que je fais là, moi, assis en face d'elles, Virginie et l'omelette, devant mon dérisoire verre de bière ? Voilà.

La petite Virginie est d'une nature essentiellement conviviale. Elle ne pourrait pas manger son omelette sans compagnie. Il faut se mettre à sa place. Si, à l'extrême rigueur, on peut manger une omelette seul — mais c'est triste —, manger la même omelette sans personne à qui faire part de sa satisfaction gustative chaque fois qu'on y plante les dents transforme le plaisir escompté en supplice.

Je suis l'interlocuteur. C'est mon rôle et la justification de ma présence à cette table. La petite Virginie ne supportant pas qu'on mélange travail et loisir, nous n'échangerons que propos badins et ragots légers. Elle dévore et papote, sans trop de hâte — la petite Virginie est un papillon, oui, mais un papillon qui prend le temps de bouffer. Quand l'assiette est vide, elle la torche avec du pain puis, dans un grand rire d'ogresse repue, la retourne pour bien faire voir. Le café Panis applaudit.

Comme dessert, un grand verre d'eau. La petite Virginie a la goinfrerie éclectique.

On peut enfin travailler.

*

Il y a un prolongement à cette dramatique histoire. Le mardi suivant, l'épisode du courant coupé, et coupé seulement pour moi, se reproduit. Mais il fallut attendre jusque tard dans la nuit pour voir étinceler la casquette aux trois lettres magiques. La cour s'était fatiguée, les chaussettes chaudes avaient rétréci, le bol de bouillon refroidi — le gras qui fige sur le bouillon, horreur ! — et, ne sachant pas à quoi servent l'encens et la myrrhe, on les avait mangés. J'ai connu pire. Cette fois, quand enfin le gars à la casquette s'amena, je lui dis fermement ma façon de penser et ajoutai : « Pourquoi toujours moi, et pourquoi toujours le mardi ? » Cet employé consciencieux me répondit :

— Il y a sans doute un zigoto qui n'a pas payé sa facture, alors on le coupe. Mais il y a une erreur d'électronique et c'est tombé sur vous. Bien le bonsoir. »

LUCIDITÉ

J'ai toujours été un peu con. Pas mal, même. Remarquez que, déjà, le reconnaître prouverait qu'on n'est pas l'abruti total. Il y a une lueur dans la nuit. Remarquez encore que l'expression consacrée « un peu con » ne constitue pas, ainsi qu'on pourrait croire, une unité approximative de mesure du niveau intellectuel de l'individu concerné, mais bien une allusion quelque peu condescendante à une autre de ses caractéristiques d'ordre psychique. Un type « un peu con » — moi ! — est, pour employer un terme archaïque que les générations montantes peuvent encore comprendre à la rigueur, « une bonne poire ». Cette définition entraîne, sur le plan pratique, un complément d'informations qu'elle traîne derrière elle comme une robe de mariée traîne des crottes de chien, informations qui, pour n'être que suggérées, n'en sont pas moins impérieuses et peuvent se résumer en trois mots : « On peut y aller. »

Avec moi, on peut y aller. On ne s'en prive pas. J'assume ma connerie dans toutes ses conséquences. De bon cœur ? Je n'irai pas jusque-là. Je râle, dans mon coin, pour moi seul, et puis bof, ça passe. Quand c'est trop gros, j'ai beau être blindé — depuis le temps ! —, j'accuse le coup. Je veux dire : j'ai de la peine. J'aime beaucoup mes amis, voyez-vous. Si l'un d'eux met en œuvre cette possibilité que lui offre ma — légère ! — connerie, c'est-à-dire me trahit et me dépouille, je suis malade. Il n'était donc pas mon ami, mon frère, je m'étais fourvoyé tout du long ? J'ai peu d'amis, mais très chers. Je ne les vois pas souvent, mais ils savent que je les aime et les défendrai contre quiconque. À ce propos, comme disent les Russes, j'ai une anecdote :

C'était dans un petit bistrot à couscous. Le patron, qui me connaissait, me parle à l'oreille : « Vous voyez cet homme, là, qui passe la porte ? Eh bien, cet homme-là, c'est mon meilleur ami. Mais lui, il ne le sait pas. »

Phrase admirable. Je ne sais pas en quoi réside sa beauté, mais d'y penser me tient chaud au ventre.

Ne pas être un peu con, ce serait quoi ? Être toujours sur ses gardes, ne jamais se laisser avoir ? Et, peut-être, de temps en temps, être celui qui a ? « Se laisser avoir », forme grammaticalement passive, suppose, en vis-à-vis, l'action active complémentaire. L'un se laisse avoir par l'autre, qui l'a.

Oui. Je suis là qui joue sur les mots, qui gambade et galipette — « galipetter » : verbe du premier groupe de par ma fantaisie —, mais vous n'êtes pas dupe. J'en ai gros sur la patate. Sur ma patate un peu conne.

C'est parce que, comprenez-vous, j'en suis à la phase de la découverte. Au moment terrible où, à mes yeux incrédules, se dévoile et se déploie en ses rutilants atours l'immensité de l'ignominie à moi — un peu con — faite. Où je découvre qu'une amitié de cinquante berges n'était que pet foireux.

Ce n'était pas une de ces amitiés d'enfance. Oh, et puis, pourquoi m'obstiner dans le singulier ? C'était une amitié au pluriel. Depuis cinquante ans, comme je vous disais. Une bande. Dans le sens héroïque du terme. J'en étais un peu le père, ils avaient eu mon âge un peu plus tard que moi. On s'était trouvés. Tous des génies — je vomis ce mot, mais puisqu'ils se sont révélés faux culs, je leur applique des compliments pour faux culs. On a tous bossé comme des vaches, on a connu des réussites, des triomphes, même, et puis... Faudrait pas que les copains vieillissent, puisqu'ils ne savent pas vieillir. On peut prendre de la bouteille sans tourner vieille vache, la preuve moi. Sans me vanter.

C'est dur de se savoir un peu con, mais il y a pire : se rendre compte qu'un mec qu'on estimait, qu'on admirait, était cent pour cent bidon. Une ambition féroce déguisée en être humain, une implacable machine à réussir, dans ceci ou cela ou dans n'importe quoi, mais réussir, un écrase-merde au sourire d'ange. Et quand ce genre d'ordure est toute une bande, pas forcément des féroces mais des suiveurs, des hypocrites aux yeux menteurs... Oui, t'as raison, ça fait mal.

C'est un chapitre à clef. Tu penses bien que j'allais pas donner les noms, ces enflés seraient assez salauds pour me mettre la maréchaussée au cul. J'avais vraiment besoin de gueuler un bon coup. Ça va mieux.

LES NOYÉES

Les dimanches d'été, avec Roger, on allait à Noisy-le-Grand sauver des jeunes femmes d'une mort atroce.

Noisy-le-Grand était encore un petit patelin cent pour cent campagnard. Tu remontais la Marne, tu passais le pont de Bry, trois coups de pédale, à nous le soleil et la liberté !

C'est bien ce que se disaient les bons Parigots. Ils n'allaient pas loin. Pas plus loin que la Pergola, un troquet en planches avec toiture de papier bitumé, les pieds dans l'eau, une « plage » de mâchefer juste de la largeur pour le bain de soleil, cinq ou six tables pour faire terrasse et poser les apéros. La Marne, en cet endroit, ne faisait pas peur. Une île, en plein milieu, la divisait, c'était un bras très étroit qui coulait, peinard, devant les enchantements de la Pergola.

C'était très familial. Il y avait abondance de gosses, de motos et de « Elle est bonne ? ». Les mômes barbotaient dans les mares qu'on aurait dites laissées par le reflux, les bonshommes tapaient la belote dans un grand déballage de marcels, de bretelles et de ventres ronds. Ça sentait l'anis et la sueur, honnêtes parfums du travailleur en goguette.

Jusqu'à quatre heures, pas un orteil n'effleurait l'eau. Temps sacré de la digestion. Si tu te baignes avant, c'est la conjexion. Attention, je dis la conjexion cervicale, la pire. À quatre heures pile éclataient en rafales dans l'air agreste les « Elle est bonne ? », « Qu'est-ce qu'elle est froide ! », « Ouah ! Moi j'y vais pas ! », « T'as pied, là ? » et les petits cris aigus des dames épouses. Une dame épouse ne saurait accepter le contact de l'eau sans pousser de petits cris aigus.

Nous deux Roger, à plat ventre sur le mâchefer, on attendait, impatients de faire don de nos jeunes vies pour en sauver d'autres. On attendait.

La rive s'insinuait dans l'eau selon une pente idéalement douce. C'est à peu près au milieu du courant que, d'un seul coup, le fond se dérobait sous les pieds, plongeant verticalement vers les abîmes. Cela surprenait. Le néophyte, éperdu, avalait une pinte d'eau de Marne qui s'engouffrait dans le sens interdit, déclenchant une toux d'enfer dont il pensait bien crever.

Pour les bons nageurs, la Pergola n'était qu'une base de départ. Ils plongeaient et fonçaient vers les espaces sans limites, de vrais aventuriers, sauf que la brasse qu'ils pratiquaient à la papa évoquait plutôt des grenouilles à plat ventre que le grand requin blanc, tigre des mers. Les rares adeptes du crawl, nage alors considérée comme américaine et acrobatique, restaient plutôt à faire de fougueux départs soulevant beaucoup d'eau pour épater la pucelle rougissante dans son maillot de bain en laine tricotée qui, dès qu'imbibé, lui pendait tristement entre les cuisses, dévoilant ce qu'il était chargé de cacher.

Nous avions entre douze et quatorze ans, âge où l'on rêve aux filles. Nous rêvions. Éperdument. Des filles, là, il y en avait. Pas toutes collées à papa-maman. Certaines allaient par deux. Des affranchies. Nous laissions traîner nos regards négligents. Les filles, ça sait nager, oui. Plus ou moins. Mais ça préfère marcher tant qu'il y a du sol sous le pied. Nous connaissions l'endroit. Le sol soudain venait à manquer, cri de détresse, gargouillis, la tête avalée par l'eau perfide, puis ressortant en poussant entre deux quintes des hurlements d'horreur pure.

D'horreur pure. Des hurlements hors de proportion avec cette « tasse » assez classique. Il y avait autre chose.

En effet, il y avait autre chose. Nous savions quoi.

Là où le sol, soudain, plongeait à pic, au fond de ce gouffre croissaient des herbasses en buisson épais, des espèces d'algues molles bercées par le courant qui effleuraient les cuisses imprudentes de leur visqueuse, de leur révulsante caresse. Le monstre des profondeurs. Personne ne comprenait ce qui se passait. Sauf nous deux, bien sûr. La malheureuse hurlait, toussait, frappait l'eau de ses mains, en pleine frénésie. Et s'étouffait.

— Je la prends, dit Roger.

— Attends ! Elle a une copine, au moins ?

— J'ai pas tellement fait gaffe. Oui, elle en a une.

— Comment elle est, la copine ?

— J'ai pas fait gaffe, je te dis. Pas mal.

— Elle, là, ça peut aller. Mais faut être sûr pour la copine.

— Si elle est trop tarte, la copine, je me la prends pour moi. Je te laisse celle-là.

— Toi ? Tu ferais ça ? Je le crois pas.

— Si, je le ferai. Non, t'as raison, je pourrai pas.

J'aimais mieux ça. C'était plus dans la norme des choses. Moi, j'étais le baratineur, celui qui accroche, qui fait rigoler les filles et leur fait hausser les épaules en disant : « Vous, vous êtes pas sérieux. Ça se voit tout de suite que vous êtes pas sérieux. » Roger montrait sa gueule, c'est tout ce qu'il avait à faire. Moi je me tapais la moche, il y a toujours une moche, et en plus j'avais droit à sa mauvaise humeur parce que, naturellement, c'est Roger qu'elle voulait. Comme toutes.

Remarquez, ça n'allait jamais bien loin. Du flirt de surface. Arriver à peloter un nichon naissant à travers le pull, déjà fallait le faire. Un bécot « avec la langue » était un exploit, après ça c'était le mariage.

Roger se levait, calmement, regardait de son haut les pères de famille, crachait un petit glaviot de mépris, juste pour se faire plaisir — « Alors, il y a pas un homme, dans le tas ? » —, plongeait en beauté, ressortait juste derrière la fille, lui filait sans méchanceté la classique baffe recommandée par le *Manuel du sauveteur diplômé*, lui en collait une deuxième, non recommandée, parce qu'on ne sait jamais, et se payait le luxe, sur les derniers mètres, de marcher tête haute, la fille allongée sur ses avant-bras musclés, comme Tarzan ramenant Jane à la maison. Un vrai dieu de l'Olympe.

À partir de là, la routine. Roger se les finissait au Champ-aux-Vaches. Moi, je n'avais pas l'âge. Je la prenais par la taille, Cosette et Marius, je rêvais d'idéal, de canoë indien dans lequel on pagayait tous deux bien ensemble en chantant une chanson à deux voix — j'avais vu *Ramona* au ciné, ça m'avait beaucoup marqué —, con comme c'est pas permis.

N'empêche, j'avais des étoiles plein les yeux et, le soir, j'étais bien long à m'endormir.

NICOLAS ET TOUS LES AUTRES

J'ai eu des chiens. Non, mal dit. On n'« a » pas un chien. On vit ensemble. On s'admet, on s'accepte, on s'aime. Bon dieu, l'amour d'un chien ! J'ai vécu avec pas mal de chiens. Parce qu'ils meurent, savez-vous ? Si vite. Si souvent… On passe sa vie à enterrer des chiens. Je n'en oublie aucun. Je porte leur deuil, à tous, un par un.

À toi, Nicolas, mon premier, toi dont je rêvais depuis mon enfance, depuis que j'avais vu ton portrait dans *Tout-En-Un*, le dictionnaire offert aux lauréats du certificat d'études, une pauvre image de ce temps-là, minuscule, grisâtre, tu étais là, tu m'attendais, tu savais que je viendrais, et je suis venu, dès que j'ai pu avoir un bout d'espace à t'offrir. « Berger de la Brie », disait le dico. Tu étais hirsute, splendidement. Tes yeux étaient bleus. Mais oui. Et ils me fixaient, tes yeux, et ils disaient « Amour ». Dix-sept ans. Tu as élevé nos enfants. Tu as déversé sur nous dix-sept années d'amour. J'écris cela et je pleure, « pour de vrai », à grosses lourdes larmes. Je pleure de tout mon cœur et mes pleurs feront pleurer le lecteur, car je suis un bon écrivain, un consciencieux, si je veux faire pleurer il faut que d'abord je me fasse pleurer, moi. Métier de pute, mais oui. Et alors ?

À toi, Mathieu, pauvre chose noire pourrie de plaies et de vermine, qui t'étais écrasé devant notre porte et n'en bougeais plus, sachant que, là, on t'accepterait. Les chiens savent ces choses. La carapace de crasse ôtée, tu t'es révélé caniche royal, noir et bouclé comme un prince d'Orient. Tu fus notre joie et celle de Nicolas. Vous ne vous quittiez pas. Devenu trop vieux et perclus, malgré l'amour qui t'entourait, tu es allé, une nuit, te noyer dans le petit étang. Tout seul. Nicolas n'était plus là. Aurai-je le courage d'en faire autant, moi, quand l'heure sera venue ? N'a-t-elle pas déjà sonné ?

À toi, Violette, la bien-aimée, la bâtarde sans race qui les contenait toutes, chef de meute incontesté, acceptée comme telle par tous, gardienne vigilante, sentinelle incorruptible à qui il n'était pas besoin de dire les choses pour que tu les comprennes. À toi, Griotte, grande belle fille, hélas fragile, qui finis bien durement ta brève existence.

À toi, Flora, la toute petite, ramassée je ne sais plus où, dont il fallut se séparer parce que tu ne supportais pas la présence d'une autre femelle.

À toi, Narcisse, l'immense lévrier russe, le barzoï royal né de Joséphine et de Jérémie le même jour que tes neuf frères et sœurs, hauts comme des poulains, blancs comme la neige russe, tribu encombrante qu'il fallut placer un à un…

À vous, les deux jumeaux, Ivan et Iris, Ivan le fougueux, Iris la complexée, à toi, Nestor, le petit dernier, à tes grosses fesses de labrador trapu, à toi qui, à l'étroit dans tes sept hectares, te sauves par effraction pour aller retrouver l'un ou l'autre des copains que tu as déjà su te faire parmi les chiens du pays.

LE CADEAU AU MARÉCHAL

Celle-là, je ne l'ai pas vécue par moi-même, ni n'en ai été le témoin direct. J'en tiens le récit de Marcel Piette qui, lors de notre évacuation du camp de Baumschulenweg pour aller creuser des tranchées antichars sur le front de Poméranie, avait, grâce à la protection de la brune Erika, Allemande romanesque et antifasciste — son frère était mort sur le front russe —, réussi à s'évader et à se cacher dans les caves de Berlin en ruine. Il y en a qui savent y faire ! Il vécut donc le siège et la capitulation.

Le gros de la bataille était passé. Berlin n'était plus qu'un amas de décombres scintillant au soleil de mai. On entendait, de loin en loin, la lourde éructation d'un canon soviétique achevant de jeter bas quelque obstacle qui gênait la progression des chars.

Il existait, en plein centre de Berlin, un lieu merveilleux, le Zoologischer Garten, plus brièvement dit « le Zoo ». Les dégâts de maçonnerie y étaient moins envahissants qu'ailleurs, l'espace étant voué aux prairies et aux savanes ponctuées de petits bâtiments légers, habitat des animaux. Les bombes y avaient plu dru, les combats corps à corps y avaient fait rage, les grilles de clôture y avaient volé en éclats, les murs s'y étaient couchés. Les animaux erraient, fous de terreur ou désemparés. Les soldats russes s'essayaient au tir sur cibles vivantes ou bien discutaient le coup avec les chimpanzés, créatures pour eux aussi invraisemblables qu'une girafe pour un paysan beauceron du temps de Charlemagne.

Couvrant tout, une immense clameur trompetait haut dans le ciel. C'était l'éléphant, éperdu, piétinant en rond dans sa rotonde demeurée intacte par le caprice d'on ne sait quel hasard. Il avait peur, il avait faim, il ne comprenait pas.

*

Dmitri Vassilievitch Stanov, lieutenant dans le quatrième corps d'infanterie tractée sibérienne, regardait, mains aux poches, comme un bon nombre de troufions fascinés par l'énormité de la bête, par les défenses déployées en volutes, par la trompe, par tout cet exotisme. Il dit à Ilya, son ordonnance :

— Ils regardent, ils discutent… Pas un n'aurait l'idée de lui donner à manger. Ilya Petrovitch, nourris cette bête, et que ça saute !

— Camarade lieutenant, qu'est-ce que ça bouffe, cette bestiasse ? Si c'est de la viande, où veux-tu que je trouve des gigots, moi ?

— Tu devrais lire des livres, soldat. Tu saurais que l'éléphant se nourrit d'herbe, de feuilles, de salade…

— Ah ! Comme une tortue, alors ?

— C'est ça. Comme une vache, aussi. T'as déjà vu une vache ?

— J'en trayais cinq deux fois par jour, avant tout ça.

Il enveloppe tout ça d'un grand geste du bras.

— Alors, tu es juste l'homme qu'il faut. Démerde-toi, trouve de l'herbe, du foin, de la paille, je ne sais pas, moi, des fleurs, des betteraves… Allons, saute !

Le soldat Ilya n'eut pas loin à chercher. Une grange pleine de foin n'attendait que sa visite. Il pria un camarade de lui hisser un maximum de marchandise sur le dos et rapporta triomphalement sa cargaison. Dès qu'il aperçut la nourriture, l'éléphant hurla plus fort mais, cette fois, il y avait de l'allégresse dans ces hurlements.

Le lieutenant et le soldat forcèrent le foin entre les barres de la grille. L'éléphant saisissait tout ce qu'il pouvait du bout de sa trompe et le jetait dans sa vaste gueule rose. Dmitri Vassilievitch ordonna :

— Va chercher. Encore, et encore.

Quelques allers et retours plus tard, Ilya s'affala sur un banc.

— Camarade lieutenant, je suis bien fatigué.

— Justement, il a l'air d'avoir son compte.

L'éléphant, repu, tournait placidement dans l'enclos. Il lâcha une bouse monumentale en passant devant Ilya.

— Tu vois, il te remercie ! dit Dmitri Vassilievitch.

— C'est ma foi vrai, dit Ilya, ému aux larmes.

L'éléphant s'immobilisa devant Ilya, s'agenouilla, dressa sa trompe. Un tour que le gardien lui avait appris.

— Il me salue ! dit Ilya, rayonnant.

Le lieutenant riait de bon cœur. Il alluma une cigarette à bout de carton, souffla une bouffée et, l'air pensif, dit :

— Ilya. Ilya Petrovitch.

— Oui, camarade lieutenant.

— Ilya Petrovitch, écoute ce que je vais te dire.

— J'écoute, camarade lieutenant.

— Écoute, je veux dire, de toutes tes oreilles et de tout ton cœur soviétique.

— J'écoute, camarade lieutenant. J'écoute avec tout ça.

— Ilya Petrovitch, cet éléphant t'aime.

— Si tu le dis, cama…

— Ne m'interromps pas. Nous n'allons pas laisser ici cet éléphant qui t'aime.

— Nous ne ferons pas ça, camarade lieutenant.

— Ce noble animal souffre dans ces décombres, parmi ces Boches détestables et vaincus qui vont crever de faim et, tu m'entends bien, n'hésiteront pas à le dévorer un jour ou l'autre. Un éléphant qui t'aime, camarade Kouzniets, Ilya Petrovitch !

— Ça doit être dur, camarade lieutenant. Rien que la peau, déjà…

— Ils le mangeront.

— Si tu le dis, camarade lieutenant.

— Ilya Petrovitch. Nous sommes l'Armée rouge. L'Armée du grand peuple soviétique. Nous apportons la lumière, la liberté, l'instruction, et nous chassons la faim — sauf quand elle est méritée, comme celle que vont connaître ces Allemands.

— Les fascistes allemands, camarade lieutenant.

— Allemands, tous fascistes ! Ne m'interromps plus. Écoute mon idée.

— J'écoute cam…

— Cet éléphant superbe ne doit pas rester ici, au milieu d'un peuple fasciste. Il doit venir en URSS, à

Moscou, capitale de la démocratie et de la paix. Ne m'interromps pas, même pour applaudir. Ce n'est pas tout.

Le lieutenant d'infanterie tractée sibérienne claque les talons, se raidit en un garde-à-vous impeccable, salue et annonce :

— J'ai l'intention de l'offrir au maréchal Staline en personne.

À son tour, Ilya Petrovitch fignole son plus strict garde-à-vous.

— Au maréchal Staline ? Magnifique idée, camarade lieutenant !

— Il faut ouvrir cette grille. Trouve-moi le responsable.

*

Le gardien-chef ébaucha un impeccable salut hitlérien, se rattrapa à temps, se contenta de claquer des talons à l'allemande. Il ne parlait pas le russe, mais les gestes du lieutenant Stanov étaient suffisamment compréhensibles. Il déverrouilla la porte, s'étant d'abord jeté sur le côté. C'était un professionnel.

L'éléphant, intéressé par la manœuvre, balançait sa trompe en fixant son petit œil vif tantôt sur un des assistants, tantôt sur un autre. À vrai dire, il avait l'air content. Surtout, il ne semblait pas concevoir la nécessité de passer la grille. Il était repu, se sentait bien dans son enclos, n'avait nulle envie de le quitter pour affronter les périls du vaste monde. Le lieutenant Stanov — Dmitri Vassilievitch — dit :

— Camarade Éléphant, je prends possession de ta personne au nom des glorieuses Républiques Socialistes

Soviétiques. En conséquence de quoi je te prie de me suivre.

L'éléphant cligna de l'œil droit tout en caressant de l'extrémité de sa trompe, qu'il avait toute rose et qu'on devinait douce au toucher, la joue rasée de frais du lieutenant. Mais ne fit pas un pas.

— Lui comprend pas russe, dit le gardien-chef en petit-nègre allemand, vu que, ne connaissant pas le russe, il ne pouvait le dire en petit-nègre russe.

Évidemment, le lieutenant ne comprit pas. Il claqua des doigts :

— Interprète !

Par bonheur, il se trouvait dans la foule un espion bilingue qui ne savait plus trop lui-même qui il trahissait, et pour qui. Il s'avança, dit au gardien-chef, en allemand :

— Fais sortir ce gros père de là-dedans. Et fissa, sinon, fusillé !

La dernière phrase était un apport personnel qu'il estimait efficace dans les échanges pluriculturels. Le gardien-chef dit :

— Cet éléphant n'obéit qu'à son cornac.

L'interprète traduisit, sauf le mot « cornac » qui, d'un emploi peu courant, nécessitait l'aide d'un dictionnaire. Un Kalmouk du septième bataillon d'assaut de la troisième division de Kalmoukie, qui profitait de la guerre pour faire du tourisme, brandit avec un grand sourire kalmouk son dictionnaire de poche. Le mot cornac y figurait bien. Sous cette traduction : « Cornac = Kornak. »

La fatalité fouetta l'intellect du gardien-chef. Il fit quérir d'urgence le cornac, dont c'était le jour de repos, et lui intima l'ordre de prendre sa place ordinaire, sur le cou de l'éléphant. Il le lui intima en allemand, avec deux K. Le kornak avait fière allure, là-haut, tenant comme un sceptre le bâton avec au bout une chose spéciale pour faire mal aux éléphants afin qu'ils avancent plus vite. L'éléphant est paresseux, mais douillet. Ceci compense cela.

— Tout est bien, maintenant, dit le lieutenant. Alors, en avant !

Il l'avait crié en russe. Le gardien-chef le répéta en allemand, soutenu par la voix de l'espion qui faisait du zèle, ayant sans doute quelques petites erreurs de transmission à se faire pardonner.

L'éléphant resta immobile, balançant toujours sa trompe, visiblement aux anges. Le lieutenant Stanov remarqua :

— Eh bien, il l'a, son kornak ! En avant !

— Oui. Il l'a. On ne peut pas dire, il l'a. C'est que…

Le gardien-chef se gratta la tête.

— C'est que… Quoi ?

— Voilà. Il faut le cornac, mais aussi l'équipement complet du cornac.

— C'est-à-dire ?

— Eh bien, les petits escaliers dorés, les petits sièges dorés, les petits paniers dorés pour pas les bébés tomber, la petite maison dorée pour la princesse tout le monde voit, la petite girouette dorée pour le vent savoir si pleuvoir il va, les petites guides dorées pour petits enfants croient que eux faire marcher éléphant…

Plus il avançait dans son discours, plus le gardien-chef s'enfonçait dans le petit-nègre.

Le lieutenant Stanov, faisant appel à toute sa force de caractère, eut un geste las. Il dit :

— Faites venir tout ça.

On fit venir tout ça. Le lieutenant dit :

— Cette fois, nous y sommes. Rien ne manque.

Le gardien-chef tournait sa casquette dans ses mains. Il dit :

— Encore petite chose.

— Quelle ? demanda le lieutenant avec un bon sourire.

— Petits enfants. Éléphant aimer beaucoup beaucoup petits enfants. Lui content quand petits enfants beaucoup sur lui, dans nacelles, dans paniers, avec choses dorées beaucoup. Si pas petits enfants, pas bouge.

L'espion amphibie, qui s'était imposé comme interprète, ne pouvait se faire à ce langage qui, peu à peu, se diluait, retournait au grognement de la bête primitive. Il sursauta lorsque le lieutenant Dmitri Vassilievitch Stanov explosa :

— Ramassez-moi des petits enfants ! Qu'est-ce que vous attendez ? Enfin quoi !

— Petits enfants, à Berlin, plus il n'y a. Morts ou évacués campagne, bon air, nourriture saine, la nature…

— Bon. J'ai compris. Très bien. Soldats faire petits enfants. Toi, là, toi, toi, toi et toi. Un soldat, lourd pareil comme trois petits enfants. Et riez, s'il vous plaît, les petits enfants rient quand ils font promenade sur l'éléphant.

Tout cela fut fait et, le sourire sous la trompe, l'éléphant démarra.

*

Le soldat Ilya Petrovitch Kouzniets demanda :

— On va comme ça jusqu'au Kremlin, camarade lieutenant ?

— Sais-tu où est le Kremlin ?

— Non, mais je sais qu'il y a le maréchalissime Staline dedans.

— Le Kremlin est à Moscou. Très loin d'ici.

— Si c'est loin, il faut prendre le train.

— C'est précisément ce que nous allons faire.

*

L'éléphant avance, de son pas d'éléphant, franchissant ou contournant trous et monceaux encore fumants. Pas de civils dans les rues. Les femmes et les filles se terrent, les hommes aussi, pour les protéger. Les soldats russes voudraient bien goûter au sexe capitaliste dont ils sentent autour d'eux flotter la riche odeur… L'éléphant soudain s'arrête, lâche une bouse monumentale, et reste là, oscillant de la trompe. Le lieutenant, de derrière l'éléphant, crie au gardien-chef, qui se trouve devant :

— Qu'est-ce qu'il y a encore ? Interprète !

L'interprète traduit en allemand :

— Qu'est-ce qui se passe, bordel de merde de sales Boches de mon cul ? J'avais misé sur la victoire du Reich, je suis ruiné, pauvres sans couilles et votre Führer de merde…

— Je croyais la langue allemande extrêmement concise, remarque le lieutenant. Encore un préjugé à réviser. Alors ?

— C'est l'encens, dit le gardien-chef.

— Interprète ?

— Je ne connais pas ce mot. Je ne le trouve pas dans mon dictionnaire.

Le gardien-chef fouille dans une sacoche dorée qui pend au flanc de l'éléphant. Il en tire deux objets de métal, doré naturellement, percés de trous et munis de chaînettes dorées. Il bat le briquet, allume quelque chose au fond de ces objets. Une odorante fumée monte par les trous. L'éléphant dresse la trompe à la verticale. Il hume cette fumée avec une satisfaction qui fait plaisir à voir. Il danse sur ses pieds de devant.

— Voilà, dit le gardien-chef. Éléphant aime encens. Lui pas marche si pas encens. Deux soldats marcher devant éléphant, balancer encensoirs bien ensemble. Éléphant content. Éléphant marcher.

*

La gare. Celle qui va vers l'est. Le cortège fait une entrée remarquée. Au pas lent des balanceurs d'encensoirs. Mais il n'y a pas de train. Les voies ne sont pas encore dégagées. Le lieutenant exhibe un ordre de mission délivré par un colonel rencontré en chemin et qui, depuis, n'a plus bougé, changé en statue de sel, le regard fixé sur ce qu'il ne verra plus jamais.

Le lieutenant réquisitionne une locomotive solitaire et un wagon plate-forme. À la réflexion, deux wagons plate-forme. Sur le premier, il installe la clique d'un régiment SS fraîchement capturé, sur la seconde triomphe l'éléphant, ses dorures, son cornac, ses passagers, ses porte-encensoirs et son ramasse-crottes, tout cela en tenue de promenade : turbans à aigrette, culottes bouffantes, broderies et dorures à profusion. C'est un cortège glorieux qui, musique en tête, emporte le cadeau du maréchal Staline vers son destinataire. Nul ne songe à se formaliser de ce que l'orchestre, outre le *Horst Wessel* sacré, *Lili Marlene* et *La Paloma* (arrangement pour marche au pas de l'oie), ne sache jouer que des airs typiquement germaniques.

*

Ce n'est pas sans une certaine émotion esthétique que mon copain vit la lanterne rouge du convoi se diluer puis disparaître dans la nuit et le brouillard.

L'éléphant est-il parvenu au Kremlin ? Le maréchal Staline fut-il heureux de son cadeau ? Le lieutenant Stanov fut-il promu capitaine ? Le soldat Kouzniets passa-t-il caporal ? La réponse à ces questions gît dans les pages jaunies des collections de la *Pravda* et des *Izvestia*, ici ou là.

fantes, broderies et dorures à profusion. C'est un cortège glorieux qui, musique en tête, emporte le cadeau du maréchal Staline vers son destinataire. Nul ne songe à se formaliser de ce que l'orchestre, outre le *Horst Wessel* sacré, *Lili Marlène* et *La Paloma* (arrangement pour marche au pas de l'oie), ne sache jouer que des airs typiquement germaniques.

*

Ce n'est pas sans une certaine émotion esthétique que moi, je vis sa lente et rouge silhouette se découper puis disparaître dans la nuit et le brouillard.

L'éléphant est-il parvenu au Kremlin ? Le maréchal Staline fut-il heureux de son cadeau ? Le lieutenant Stanov fut-il promu capitaine ? Le soldat Kroumitch passa-t-il caporal ? La réponse à ces questions gît dans les pages jaunies des collections de la *Pravda* et des *Izvestia*, ici ou là.

FAIRE LA FÊTE

Je n'ai rien contre la fête. Simplement, je n'y suis pas à l'aise. Je ne m'y sens pas chez moi. Je ne sais plus qui a écrit : « Je hais le mouvement qui déplace les lignes », superbe alexandrin — la culture vraie consiste à se rappeler les vers et à oublier le nom de l'auteur. Je dirais, à mon échelle : « Je n'aime pas la fête qui bouscule les chaises. »

J'aime les jours bien plats, bien semblables en leur succession, les pages blanches à remplir, grandes ouvertes à l'imprévu, îles désertes à découvrir, temps à moi offert dont je ferai merveille. Et dont, en fin de compte, je ne fais rien de plus que ce que je fis de la veille, mais cette fallacieuse et fugitive ivresse de la maîtrise du temps à venir n'est-elle pas le suprême bonheur ?

De toutes les fêtes, la plus insupportable — j'allais écrire « la plus exécrable », mais c'est mettre bien de la violence dans une trop petite chose —, à mon goût, est l'anniversaire. Tous sont bien conscients de la puérilité de l'affaire, mis à part les enfants, si bien qu'un anniversaire se fête toujours un peu à la blague — « au second degré », dirais-je si je parlais comme ça — biscuits secs et flûtes de plastique… Eh oui, le vrai de vrai blanc de blancs des coteaux sacrés de la féale province de Champagne se siffle aujourd'hui sur le coin du bureau, dans des récipients jetables.

Il y a des bureaux où l'on est beaucoup, pupitres serrés, on ne peut inviter tout le monde, d'où détermination minutieuse des préséances et ayants droit. Géographiquement où s'arrête l'appartenance stricte au groupe du héros de la réjouissance, où celle de l'aura des amitiés et utilités pour la carrière ? Dans la pratique, il y a, l'un dans l'autre, peu de semaines sans anniversaire, et aucun mois.

*

L'anniversaire se fête dans la dernière demi-heure d'une journée de travail. Le responsable ferme les yeux. Ne pas y assister ou s'esbigner en cours de réjouissances est plutôt mal vu, et d'ailleurs noté « Sociabilité : faible » là où le responsable note ces choses.

Le sommet de la fête est l'entonnage — pourquoi pas ? — de l'hymne mille fois sacré : « *Happy birthday to you* » d'un air ostensiblement goguenard pour s'excuser d'être aussi con, repris aussitôt en sa traduction française pour montrer qu'on a fait de l'anglais. Cela fait, chacun rentre en sa chacunière.

Dans le privé, c'est toujours l'anniversaire de grand-mère. (Quand fête-t-on grand-père ? Qui a jamais assisté à l'anniversaire de grand-père ?) Pour l'occasion, grand-mère a sorti de la naphtaline la robe noire de sa grand-mère à elle, et elle trône dans le haut fauteuil d'osier qui s'épanouit en majesté autour d'elle et dont le siège fatigué fait si mal au cul, c'est bien pourquoi il ne sert que ce jour-là, ou bien — une année sur deux — grand-mère la fait à la mémé dans le vent et reçoit les hommages, cigare au bec, costume trois-pièces carreaux écossais, sur la moto d'un de ses petits-fils. Se récrier sur le charme de l'ancien temps ou sur la jeunesse increvable et le sens de l'humour de la chère ancêtre, selon le cas.

Quand on a beaucoup d'enfants, on a encore plus beaucoup de petits-enfants. C'est une multiplication, attention, pas une addition. Ça fait beaucoup d'anniversaires éparpillés sur le calendrier. Peu de jours peuvent se vanter d'être épargnés. Ce ne sont que des anniversaires-guili-guili. Le seul vrai est celui de grand-mère. On donne à l'enfant-vedette le cadeau tant désiré et des friandises surprises dans des papillotes. Naturellement, le cousin farceur a caché un caca de chien dans une papillote. Si la victime ne rit pas, c'est un mauvais caractère.

Un cadeau d'anniversaire DOIT être une folie et ruiner les parents pour de longs mois. Au marché Internet des lendemains de cadeaux d'anniversaire, plus intéressant pour le vendeur que celui des lendemains de Noël parce que moins encombré, le cadeau d'anniversaire vraiment original peut atteindre des hauteurs intéressantes, par exemple la conscience d'un vieux prof en fin de carrière qui a accès aux sujets du futur bac ou un litre de pastis si le vieux prof est désespéré au point de connaître réellement les sujets du bac.

Si je vous dis qu'à Noël j'avais dans mes souliers trois oranges (fruit exotique) et un cornet de ce qu'on appelait alors des « crottes » de chocolat avec — merveille ! —

de la crème dedans de toutes les couleurs, vous allez deviner mon âge et penser : « Comme tous les vieux cons d'avant la guerre de 70. » Vous auriez bien raison, c'est pourquoi je me contenterai de vous confier que l'on fêta pour la dernière fois mon anniversaire quand j'ai eu douze ans. Ce jour-là, maman avait fait un gâteau, une chose roulée comme un tapis avec de la confiture qui bavait plein les doigts, c'était bon au goût, mais, merde, qu'est-ce que ça poissait les doigts ! C'est depuis ce beau jour que j'ai une horreur à hurler de la confiture, du miel, des sirops et de tout ce qui poisse les doigts. Voilà. Vous savez tout.

*

Quand je dis « Je n'aime pas la fête », n'allez pas croire... J'ai rien contre la rigolade, mais faut qu'elle nous tombe dessus. Sans prévenir. Vous savez — enfin, j'espère que vous savez —, quand on ne s'y attend pas. On bosse, ou bien on joue à quelque chose — pas au poker, t'as vu les gueules qu'ils tirent, au poker ? mais les échecs, je dis pas... — enfin, on est en plein dans le sérieux, et puis, va savoir, sur un quiproquo, peut-être bien — ça veut dire « déconnade » —, ça part à se marrer tant que ça peut, il y en a un qui dit : « Faut aller raconter ça à Fred ! Quel dommage qu'il soit — prononcer "soye" — pas là, Fred ! » Et nous voilà partis chez Fred, il est malade à crever, Fred, on a dévalisé une supérette genre produits d'Italie, du jambon pur Parme, du sauciflard, du gros du petit, de la mortadelle en tranches, du parmesan en branches, du chianti... ah, non, pour le vin, on a fait français, on va pas gâter toute cette belle marchandise, et du pastis parce que Fred aime bien le scotch mais justement y en a pas.

Voilà. Vous comprenez ? Fred, il s'y attendait pas. Nous non plus. D'avance, on sentait que ça serait une soirée dont on dirait, plus tard : « Tu te rappelles la fois chez Fred ? Ce désastre ! Et sa bonne femme qu'arrêtait pas de pleurer. Qu'est-ce qu'elle avait, au fait, sa bonne femme ? »

LE HORS-SÉRIE

Je dis :

— Le bio, c'est de la merde.

On ne m'avait rien demandé. Ça surprit. Mais bon, c'était un sujet. Ceux qui mangent bio se récrièrent. Ceux qui n'ont pas les moyens ricanèrent. Ça faisait à peu près moitié-moitié. Je n'avais pas l'intention de pousser la controverse jusqu'à la mort d'un des deux camps, juste un paquet de bile bien amer qui m'avait escaladé l'œsophage à la suite d'une aigre discussion d'affaires… D'affaires, entre nous ? Ô Choron, tu es bien mort ! Les affaires, tu n'en discutais pas. Tu réglais ça derrière notre dos, tu nous enculais joyeusement, nous bossions comme des esclaves radieux, car, sans toi, nous n'aurions même pas eu un coin de papier torche-cul pour donner l'essor à nos génies.

— Vous n'avez pas besoin d'être grossier, dit la petite Virginie.

— Grossier ? Qui ? Tu parles de moi, peut-être ? Je ne suis pas grossier. Je dis ce qui est, merde !

— Et ça, c'est pas grossier, peut-être ?

Cependant les adeptes du bio étaient lancés. Ils vitupéraient bien ensemble. Des particules de carottes crues, de céleri rémoulade et de betterave sanguinolente se heurtaient dans l'espace pour retomber dans l'assiette d'autrui au petit bonheur la chance.

Ça se passait chez Pascale, la serveuse adorable, plus vraie que nature, ronde, rouge, des bras de forgeron, un sourire qu'on voulait ne croire que pour nous, elle nous aimait tous ou savait faire comme si, nous choyant, nous rudoyant maternellement, nous, ceux de la bande. Elle croyait encore qu'il y avait la bande, la vraie, sans regards torves. On n'avait pas cru devoir lui dire. Et d'abord, lui dire quoi ?

Elle est clamsée en pleine action, Pascale, de je ne sais plus quelle saloperie foudroyante. Moi, je pense qu'elle avait dû apprendre, au sujet de la bande. Arrêt du cœur. Pourquoi pas ? Il y a comme ça des âmes sensibles sous le tablier blanc.

On continuait à aller « chez Pascale », en mémoire, et puis, les nouveaux prénoms, c'est pour les nouveaux clients.

— Et ça, c'est du bio ? Non mais qu'est-ce que tu crois ?

Là, c'était Liliane, qui intervenait, assez brutalement, je dois dire. Son index à l'ongle qui pleurait pour du vernis pointait droit sur le bout de barbaque aplati parmi quelques vagues légumes dans l'assiette de Cabu.

— C'est du faux-filet, dit Cabu, pris de court.

— C'est bon, le faux-filet, j'adore ! dit la petite Virginie. C'est pas cette viande avec des fibres bien alignées ?

— Non, ça, c'est de la bavette, dit Honoré.

— Remarque, ça se ressemble, dit je ne sais plus qui.

— Ça se ressemble, d'accord, à première vue, mais ça

n'a pas le même goût. Pas tout à fait. D'abord, la bavette, ça se fait revenir avec des petites échalotes.

— Tout ce que vous voudrez, c'est pas du bio, insista Liliane, qui semblait s'acharner sur Cabu.

— Le patron va lui-même la choisir, la viande, à Rungis à cinq heures, dit Pascale, l'autre Pascale, les poings sur les hanches.

— Mais le bio, c'est spécial. Un circuit. Des vétos. Des certificats…

— Traçabilité, dit un je ne sais plus qui, sentencieux.

— Je fais un livre, dit la petite Virginie.

— C'est vrai ? Raconte ! dit Liliane.

— Toi ? sourit Riss.

— Moi.

— Sur quoi ?

— Sur Cavanna.

— Ah, ouais ?

— À propos, il va falloir que vous participiez. C'est la ville de Nogent, en banlieue.

— On connaît, dit Riss.

— Ah, le petit vin blanc, chantonna Liliane, et puis elle retourna harceler les tenants du bio, qui accusaient des signes de faiblesse.

— Alors, voilà. À Nogent, ils organisent une fête et une exposition autour des œuvres de Cavanna, qui est né là-bas. Il faut un catalogue. J'ai pensé que vous, *Charlie Hebdo,* pourriez vous charger du catalogue, mais en bien plus beau. Ça paraîtrait en hors-série — je vous signale que Cavanna n'a jamais encore publié de hors-série —, ça servirait en même temps de catalogue à l'expo, et ça se vendrait en kiosques, tout bénéfice pour *Charlie Hebdo.*

— Et toi, là-dedans ?

— Moi, je suis la gouvernante de Cavanna, je m'occupe de ses affaires. Je me charge entièrement du contenu, de la présentation et de la maquette. Et je veux qu'on me foute la paix et pouvoir accéder aux archives du journal. Ah, et puis un pourcentage sur la vente, la moindre des choses.

— Toi ? dit Riss, souriant toujours.

— Moi, oui. Avec Cavanna, on a déjà travaillé là-dessus. Ça va être magnifique.

*

Ce fut magnifique. La petite Virginie remporta la victoire haut la main. J'ai vu cette petite chose insoucieuse, cette libellule sans loi, se transformer en un de ces sillages bleus laissés dans l'air par le passage d'un météore. S'improviser conceptrice, metteuse-en-pages, archiviste, documentaliste, correctrice et quelques autres de ces métiers qui font tourner une imprimerie et fleurir la culture, croyez-moi, c'est pas de la tarte. Elle en a bavé, elle a pleuré, la tenace petite bête, elle a serré les dents, et voilà, le bouquin existait, il était là, le sourire de Riss, bien qu'il en eût, reflétait un brin de considération.

POUR LE GRAND SOIR

Il me faut me rendre à l'évidence : je n'ai pas l'esprit associatif. Ce qui est paradoxal, car j'aime participer à un travail commun. J'ai toujours mal supporté les discours, les longues périodes oratoires où se prépare une conclusion que l'auditoire a devinée longtemps à l'avance et qui, lorsque enfin elle tombe, fût-ce dans un splendide envol rhétorique, ne surprend plus, et même ennuie déjà.

J'aime les phrases courtes, dépassionnées. Je déteste les « effets » si chers aux avocats et, il faut croire, si efficaces. Défendre un accusé, une cause, une opinion est affaire d'« art » oratoire, c'est-à-dire de la quantité d'émotion qu'un professionnel de la parole, avocat, prêtre, émeutier… saura faire naître chez l'auditeur. Cela me paraît extravagant et foncièrement injuste. L'art ni le talent ne devraient rien avoir à faire ici. Mais c'est mettre en doute la politique elle-même, art suprême de la persuasion, c'est-à-dire le même qu'emploie la publicité pour subjuguer l'acheteur ! L'objectivité est récusée, on exalte la « passion » qui mène plus sûrement à la vérité, parce que « ça part du cœur ». C'est très tendance, la passion. Je n'ai donc pas l'âme militante. Mais, pour le savoir, il m'a fallu passer par l'expérience.

*

Pourquoi ai-je pris ma carte du parti communiste ?

Militer m'emmerde. Mais à cela se borne mon asociabilité. Fils à maman jusqu'à vingt ans, je m'étais du jour au lendemain retrouvé cloîtré dans une baraque de vingt mètres carrés avec vingt bonshommes plus ou moins gracieux, plus ou moins propres, plus ou moins respectueux d'autrui. Je m'y suis très bien fait. J'étais chez moi dans la chaude puanteur, je joignais mes pets en salves à ceux des copains en de sportifs défis, j'avalais à pleins poumons l'âcre fumée du tabac de camp, moi qui n'avais jamais fumé, avec une espèce de doux je-m'en-fichisme. Et j'aimais les gars, leurs humeurs, leurs coups de barre qu'il fallait contrer, leurs interminables énumérations de ce qu'ils boufferaient s'il y avait à bouffer. Savez-vous que l'odeur des pieds, de vingt fois deux pieds, de pieds qui ont beaucoup marché et d'autant de godasses béantes qui puent de tous leurs pores surchauffés, règne en symphonie envoûtante, surtout quand la pluie cascade et rebondit sur le papier bitumé du toit ?

Tout ça pour vous dire que je suis un gars qui s'incorpore facile, esprit de corps et tout. Y compris intellectuellement. La couleur était, je l'ai dit, rouge mâtiné trotsko, avec quand même deux ou trois ploucs de Billancourt qui ne cherchaient pas la petite bête et pour qui le grand Jojo était en train de gagner la guerre, et que l'Europe serait bolchevique du Pacifique jusqu'à la pointe du Raz, et que tous les petits merdeux de trotsko-traîtres seraient balayés, avec leurs alliés objectifs les fascistes, nazis et ploutocrates… et les curés ! ne manquait pas d'ajouter Ronsin. Il y a toujours des trotskistes, sans quoi y aurait pas de discussion possible.

Je faisais mon éducation, je m'arrachais à ma sereine indifférence de petit Rital sans souci, je comprenais pas bien en quoi la Révolution Universelle tout de suite ne pouvait pas s'accorder avec le Socialisme dans un seul pays et pourquoi Staline avait fait planter une pioche dans le crâne à Trotski. Ça me dépassait, mais je voulais que les Russes gagnent. Ils étaient marrants, eux, savaient prendre la vie par où ça se prend. L'Armée rouge ! T'imagines ? Rien que ces mots, l'Armée rouge… Et le drapeau, rouge, aussi. Merde, ça avait de la gueule ! Et puis… Et puis, ils chantaient, eux ! Ce qui s'appelle chanter. Ils ébranlaient le ciel. Ils crevaient en chantant. Je ne jurerais pas qu'ils ne chantaient pas encore après, de l'autre côté.

*

Bon. Je reviens en France — quel con ! — la mort, comme on dit quand on ne trouve pas mieux, dans l'âme. Je reprends mon boulot de con chez ceux qui m'avaient vendu aux Boches — ça, je ne le savais pas encore — et la vie reprend, la vie de con.

Quand je peux, je cours nager dans la Marne. Je rencontre un gars que j'avais connu autrefois, en nageant, justement. Ce gars me prend à part. « Dis donc, tu reviens de là-bas, toi. » À l'époque, pas besoin de préciser, il n'y avait qu'un « là-bas ». Je dis oui, que voulez-vous que je dise. Il continue : « T'étais avec des camarades soviétiques ? » Cette façon de dire « des Russkoffs » ! Je réponds :

— Ouais, j'étais enfermé dans un camp avec des Russes. Travaux forcés.

— Comment ils étaient ?

— Les Russes ?

— Oui, les Russes. Les Soviétiques.

— Ben, ils faisaient comme tout le monde, ils essayaient de pas crever. Je dois dire qu'ils en bavaient.

— Mais comment ils étaient, je veux dire question moral, la mentalité ?

« Mentalité »… Un mot qui m'évoque le Julot casse-croûte parlant de sa gagneuse : « Elle a une bonne mentalité. » Mais bon, je commençais à entrevoir ce que ce gars voulait dire et où il voulait en venir. Il faisait de la recrute, il allait en remonte, ramasser des adhérents pour le Parti avec une majuscule, le Parti aux vingt-cinq mille fusillés et aux deux millions d'adhérents. Il comprit que j'avais compris. Il dit :

— Ils maintenaient la flamme, j'en suis sûr.

Pourquoi le contrarier ? J'approuvai chaudement :

— Voilà. Ils la maintenaient, la flamme, et pas qu'un peu.

Il n'en demandait pas plus. Ses yeux la maintenaient, eux, la flamme ! Il proposa, sans appuyer :

— Viens nous voir. On causera de là-bas. De tout ça.

Je n'avais pas du tout envie de causer de tout ça. J'éparpillais mon temps de libre en chimériques démarches pour retrouver Maria. Au moindre indice, je filais en URSS. Avec toutes les chances de me retrouver dans une mine de sel en Sibérie. Mais avec Maria ! J'étais encore bien naïf. Ai-je beaucoup changé ?

*

Un soir de vague à l'âme — « quelque diable aussi me poussant » —, je franchis la porte du petit bistrot de la Grande-Rue, face au ciné Central-Palace. Il y avait là quelques vieux Ritals de ma connaissance, anciens réfugiés politiques du temps du Duce n'ayant plus où aller, racaille à histoires que les patrons rechignaient à embaucher. À la Libération, ils étaient rentrés, joyeux, en Italie. Mais ils n'y avaient plus leur place. Alors, ils étaient revenus. Ces vieilles casquettes me connaissaient comme le fils au Vidgeon, « çui-là qu'il apprende toute qu'osse qui veut à l'école ». Ils étaient surpris de me voir là.

Le reste de l'assistance était plus jeune et plus français. J'avais été en classe avec plusieurs d'entre eux. Sourires assez réticents. Les jeunes sifflaient des bières ou des pastis, les vieux carburaient au vin rouge, qu'ils faisaient durer. Un gros poêle à charbon ronflait doucement. C'était la section de Nogent-sur-Marne du parti communiste français.

Poignées de main. « Salut ! », « Marrant de te voir ici », le « C'que tu viens foutre ? » n'était pas dit, mais suintait de tous les visages. La discussion en cours reprit. Il s'agissait de la participation du Parti au gouvernement de De Gaulle. Thorez était pour, Duclos flairait le piège. Il y avait des pour et des contre, les voix commençaient à s'élever. Ça sentait la récréation. L'autorité était absente.

Le gars qui m'avait invité poussa la porte, salua poing tendu, à la blague, et lança un joyeux : « Salut à vous, camarades ! », me vit, eut un bref sourire, me serra la main. « Assieds-toi. » Lui-même prit place derrière une table isolée, posa sur la table un porte-documents en cuir fatigué, en tira *L'Huma* et quelques papiers, choisit un secrétaire de séance, approuvé à l'unanimité, jeta un coup d'œil à l'ordre du jour, et la séance commença.

C'est-à-dire qu'il parla, lui, posant à l'improviste des questions pour voir si l'on suivait bien. Il expliqua que le Parti estimait qu'il était de la plus grande importance, étant donné les circonstances, que le prolétariat se résigne à cette mésalliance — provisoire ! — avec la bourgeoisie et les social-traîtres. Des questions ? Pas de questions. On vote. Toutes les mains se lèvent. Motion adoptée. Elle va partir à la fédé. Ah, une main timide. Le camarade aurait pu se décider plus tôt. Parle, camarade. C'est un vieux Rital. Il dit comme ça qu'il est pas bon fare copain vec les capitalistes, ça divise les forces du peuple et ça fara coumme in Italia, pareil la même.

*

Je m'étais gentiment emmerdé. J'y suis retourné. Par désœuvrement. Parce que je ne pouvais trouver le sommeil. Parce que, après tout, j'étais, comme eux, un purotin d'entre les purotins, et que là était ma place. Par goût romantique petit-bourgeois du grand chambard. Puis, peu à peu, pour une autre raison, que je n'avais pas perçue tout de suite : la chaleur, la tendresse de ces gens les uns pour les autres. Ils s'aimaient, réellement, spontanément. Dans aucune autre réunion d'hommes je n'ai retrouvé cette universelle bienveillance, qu'ils ne proclamaient pas, comme font les chrétiens, mais qu'ils pratiquaient, de tout leur cœur, sans y penser.

Par la force des choses, je fus amené à participer. Et un jour, bof, je pris ma carte.

*

Il y avait des gosses, les « vaillants ». Ils vendaient leur journal, *Vaillant*, le dimanche à la sortie de la messe, tandis que les grands vendaient *L'Huma Dimanche* et l'*Avant-Garde*. Face à eux, des commandos de fils à papa et de jeunes brutes criaient « *Aspects de la France, Rivarol* ». Ces haineux n'avaient qu'une idée en tête, choper un môme isolé, lui casser la gueule et faucher son paquet de canards. Les gosses rappliquaient à la permanence, en loques et sanglotant. On organisait des battues punitives. Ça s'épanouissait en cavalcades dans le bois de Vincennes. Des renforts accouraient, venus des banlieues rouges voisines, de Fontenay, de Montreuil, de Champigny... On promettait déculottée publique et noyade à ces « fascistes ». En fait, quand on en piquait un, on se contentait de lui tremper le cul dans un des ruisseaux artificiels à épinoches qui courent dans le Bois, dix centimètres de fond.

Je me suis retrouvé, comme les copains, par les petits matins frisquets des dimanches d'hiver à crier *L'Huma Dimanche* à la bouche du métro Château-de-Vincennes. Le prolo transi tiré de son lit à des cinq heures du matin se sentait moins seul, achetait avec le sourire en disant : « Garde tout ! » Mais ça, c'était pas permis, alors on lui collait *Vaillant* en plus — qui n'était pas encore *Pif le chien* —, il le prenait « pour son môme » mais on savait bien que c'est lui qui le lirait aux chiottes.

*

Je revois ce petit, pleurant et rageant dans sa belle veste minutieusement lacérée. Il hoquetait :

— Qu'est-ce que je lui dis, à ma mère, moi ? Ma belle veste toute neuve des dimanches, je la mets pour la première fois ! Merde, pourquoi vous m'avez laissé tout seul, les mecs ?

— On dit pas « les mecs », on dit « camarades », dit le camarade responsable de la jeunesse.

— Camarades mon cul, oui ! Ils m'ont laissé bien massacrer, et eux, ils se sont tirés. Faut faire un rapport à la section, merde.

— C'est pas vrai, on n'était pas là. Sur le Perreux, on était. Mais vas-y, fais-le ton rapport, vas-y !

Le petit baissa le nez :

— Je fais plein de fautes.

Éclats de rire. Le môme remet ça pour une tournée de sanglots. Je m'accroupis. Il est vraiment petit. Je propose :

— Je t'accompagne. J'expliquerai à ta mère. C'est des sales cons qui t'ont fait ça. Elle comprendra.

— C'est des fascistes ! Des sales cons de putains de fumiers de fascistes ! Mais ma mère, elle leur donnera raison et j'aurai droit à une avoine. Et privé de cinoche. Je vais te dire : ma mère, elle est pour les curés. Elle va à la messe, même.

— Alors, elle est pas au Parti, ta mère.

— Tu parles ! Elle veut même pas que mon père la baise, même pas qu'il la touche, parce que c'est une créature du démon, soi-disant. C'est les curés qui la chauffent contre lui. Il est triste, ça se voit. Moi je dis qu'il ferait mieux de se taper une mignonne de chez nous. L'amour avec l'ennemi de classe, ça peut pas marcher.

Il avance, poings serrés, remue des choses dans sa tête. Il finit par dire :

— Vivement que l'Armée rouge arrive ! Qu'est-ce qu'il attend, Joseph, pour virer les Ricains, les fascistes, les curés, les capitalistes et toute la merde ?

*

J'allais entendre chanter les gars de l'Armée rouge, lors de leurs fréquents passages à Paris. Je me tapais d'ailleurs tous les folklores des pays frères, polonais, bulgares, roumains... C'était un avant-goût. Le Grand Soir était pour demain. La Révolution mondiale approchait de jour en jour. Le défilé du 1er Mai jetait deux millions de prolos confiants en la victoire depuis le château de Vincennes jusqu'à la Bastille et la République, tranquilles, souriants, sûrs de leur force et de l'avenir radieux.

*

J'ai monté une cellule d'usine et une section CGT pour conquérir le comité d'entreprise, et puis j'ai envoyé promener la pendule pointeuse, tâté du dessin, connu et épousé Liliane...

Quand elle est morte, le militantisme ne m'a pas consolé. Il s'est détaché de moi comme les choses se détachent, emportées dans le fleuve boueux où surnagent les cadavres sans regard de quelques souvenirs décousus.

J'avais lu Marx consciencieusement, Thorez par discipline, je savais que rien ne se ferait sans les masses, mais qu'il fallait d'abord instruire les masses, ce qui serait long, trop long, et que donc on lancerait les masses telles quelles, proies rêvées pour les dictateurs d'après-Révolution. Voir Bonaparte, voir (mais ça, je le gardais pour moi), Joseph Staline…

DES NOUVELLES DE MISS

Des nouvelles de miss Parkinson. La chère petite se porte à merveille. Depuis qu'elle a élu domicile dans mes membres, on ne se quitte plus. Elle pourrait se montrer très vache, se mettre, par exemple, à faire trembler à folle allure ma main qui tient la cuillère pleine de soupe quand je dîne chez la marquise. La marquise n'aimerait pas. D'autant qu'elle ignore que j'héberge la petite farceuse en mes intimités. Elle prierait le majordome de lui ôter tout ce vermicelle qui n'est à sa place ni sur ses cheveux ni sur son visage et, malgré la bienveillance qu'elle me porte, me ferait grise mine. Une marquise qui vous fait grise mine peut être considérée comme perdue pour votre calepin électronique.

On ne nous dit pas tout. On ne nous dit pas que miss Parkinson est plutôt une grande feignasse qu'une cruelle tigresse. Elle s'étire tout de son long, en écartant les orteils, et vous la sentez qui gémit de plaisir. Vous la sentez parce que ça vous fait très mal. Non qu'elle soit méchante, je vous l'ai dit : un agneau. Elle ne sait pas qu'elle fait mal. Elle se déplace, à l'intérieur de moi, comme une dormeuse qui se retourne. Eh bien, ça me déséquilibre. Je me casse la gueule à droite, à gauche, en avant, en arrière, sans que rien l'ait fait prévoir. Même pas le temps de me recevoir sur les mains, me voilà le nez dans la crotte de chien. Quel chien ? Le chien. Il y a toujours un chien, et qui crotte.

Une feignasse, ça n'aime pas la station debout. Qu'il se trouve un siège dans les environs, je sens très bien l'envie d'aller m'y asseoir s'emparer de moi, poussé par cette fille à qui je ne puis rien refuser. Je m'assieds, donc. Aussitôt me submerge une intense vague de soulagement. Qui se transforme en douleur non moins intense quand il me faut me lever. Je ne puis d'ailleurs me lever qu'en m'aidant de mes bras, eux-mêmes devenus à ce point débiles que tout le monde voit à loisir le vieux pépère peinant, ahanant et n'arrivant pas à s'arracher à son siège. Plus taquine que vraiment méchante, vous voyez.

Elle a de jolis gestes. Tenez, l'écriture. Après me l'avoir rendue totalement impossible, voilà que, de nouveau, elle me permet de me cramponner à un gribouillis presque lisible qui me coûte un mal de chien mais me permettra peut-être de mener ce livre à bien.

Depuis peu elle s'est fait des copines. Pas toutes sympas. Il y en a une, miss Ostéoporose, une sale sournoise. Un jour, crac, elle me casse deux vertèbres. Un mal de chien — vieux cliché, pourquoi « de chien », mais ça fonctionne. Hosto. Infiltrations. Ça empire. Une autre copine s'amène. Peut-être un mec, après tout : Œdème. Les deux jambes comme des betteraves. Encore une qui arrive en courant, miss Phlébite. Tirant par la main sa petite sœur, très méchante, miss Embolie. Mais celle-là, on ne lui permet pas d'entrer. Le Nouvel An à l'hôpital de Melun… Vous en avez marre, je le vois bien, alors j'arrête l'énumération. C'était pour vous faire plaisir. Visiblement miss Parkinson vous excite l'imagination.

*

On me complimente sur ma bonne mine. Ça fait toujours plaisir, même quand chaque mouvement vous arrache un hurlement intérieur, que pour sortir d'un taxi on doit s'y mettre à deux pour m'extraire, que grimper un étage m'est l'ascension de l'Everest, que je ne dors qu'à coups de somnifères et qu'évacuer mes produits intestinaux est un long combat, à la fois patient, violent et rusé — et dégueulasse —, que tous mes muscles sont des ennemis irradiant la souffrance de courbatures paralysantes tout en ayant perdu tout tonus — je suis incapable de quitter un siège si je n'ai à portée de quoi m'arc-bouter sur les deux mains… « Tu as vraiment une mine épatante… » La miss se fout de ma gueule.

Ça s'appelle la « lune de miel ». Classique, paraît-il, chez les Parkinson. La gueuse s'amuse. Chat et souris. La souris, c'est moi. Elle vous donne des espérances. Relâche l'étreinte. Un matin, plus de douleurs. Je n'ose y croire. Tâte de l'orteil si elle est bonne. Me redresse. M'étire. Chante sous la douche. Lâche la rampe de l'escalier. Écris. Miracle ! Écris. Sans me battre pour conquérir chaque signe, chaque virgule. J'aime les virgules. Je noircis des pages en grand enthousiasme, ça dégouline ! Direct du cerveau au papier. Deux jours. Parfois trois. La dévorante a assez joué. En plein paradis, hagne donc, elle reprend possession. Pire qu'avant. Ta déception, ton désespoir, elle se les savoure à longs traits, l'immonde.

En somme, avec elle, on n'est jamais seul. Après tout, la souris est partenaire, elle devrait prendre part au jeu. J'ai pas dû bien comprendre la règle.

Je me dis ce qu'on se dit. Ce qu'on essaie de se dire. Qu'il y en a de plus malheureux. Ceux dans la petite voiture, par exemple. Eux ne trichent pas, ne font pas semblant. N'ont pas bonne mine. Ont franchi à l'envers le stade du respect humain. C'est surtout l'humiliation. Ils ne peuvent pas se torcher. On les déculotte, on les prend sous le bras comme un bébé, on leur nettoie la merde qui s'est étalée, aplatie, glissée partout, tu penses, écrasée entre les fesses mortes et le dur fond du truc, et ça se voit sur leur figure, qu'on leur fait ça, c'est la première chose à quoi on pense, et ils savent qu'on y pense, qu'on se les voit en train de. Ça peut pas vous faire le sourire du bébé Cadum. Hm... On le connaît encore, le gros joufflu ?

Tout ce qui est muscle doit y passer, tôt ou tard. Bras et jambes, bien sûr, mais aussi des tas de trucs qui ont ou qui sont des muscles et à quoi on ne pense pas. Les poumons, tiens, tu le savais que les poumons fonctionnent par des muscles puissants ? Le diaphragme, les muscles entre les côtes et des tas d'autres. Le tube digestif, du haut en bas. Je t'étonne si je te dis que la bouffe est prise en charge par les muscles de l'œsophage — prononcer « ésophage », ne me demande pas pourquoi, prononce et ferme ta gueule — puis ceux — hyperpuissants de l'estomac, puis ceux de l'intestin, les « péristaltiques », puis enfin ceux, formidables, du trou du cul, qui sont un sphincter, retiens bien ce mot, on ne sait pas ce que l'avenir nous réserve.

Tout est muscle ou fonctionne par des muscles, depuis

les paupières jusqu'aux frissons de la peau quand elle a froid. Et le cœur, donc !

Si bien que tout est à la merci de Sa Saloperie Suprême miss Parkinson puisque cette goule, par l'intermédiaire des nerfs moteurs, règne en tyran sur la totalité des muscles. Tiens, la langue, les lèvres... Je ne peux plus dissimuler ma difficulté à articuler. Et aussi ma voix a baissé. Je me fais engueuler : « Parle plus fort ! Articule ! » Cause à mon cul, miss Parkinson me suce la langue...

TÊTES BLONDES

J'ai eu du pot. J'ai des enfants formidables. Je ne les méritais pas.

Eux méritaient mieux.

Tout compte fait, il n'est pas plus mal que les enfants admirables échoient à des pères déficients. Ces solides enfants supporteront mieux l'incurie paternelle que ne l'eussent fait d'autres, plus fragiles.

Ils furent conçus en pleine lune de miel. L'amour brillait de sa chaude lumière, les corps se mêlaient à l'unisson des cœurs. Du moins c'est ainsi que je vivais les choses. J'appris plus tard que l'amour peut être un monologue. Ou un quiproquo. Mais foin des restrictions, ils furent conçus dans l'allégresse, d'autant plus que ce n'est pas à eux que je pensais lorsque je me livrais avec ivresse aux activités précises auxquelles ils doivent leur existence.

Soyons franc. Si les moyens contraceptifs dont disposent aujourd'hui les amoureux avaient existé à l'époque dont il est question, ces beaux enfants n'auraient certainement pas vu le jour, qu'on me taxe de cynisme si l'on veut. Quand je contemple ces solides gaillards et qu'il me vient à l'idée que leur existence avec tout ce qu'elle contient n'a tenu qu'à ce fil, je me sens plonger dans… dans je ne sais trop quoi, une espèce de vertige.

Je n'aime pas les enfants. Tare ou infirmité, je ne sais et ne tiens pas à savoir. Je ne dis pas que je les déteste. Il y a ici un piège du langage. En français, dire «Je n'aime pas» ne signifie pas simplement que l'on n'éprouve aucune attirance vers l'objet que l'on affirme ne pas aimer. «Je n'aime pas» équivaut à «Je déteste», «Je hais», «J'ai horreur de…». On ne peut pas se contenter de ne pas aimer, on doit, en plus, haïr violemment. Disons alors que la perspective de passer un après-midi entier avec un mioche gigoteur et questionneur m'apparaît comme une corvée bien pénible.

L'ennui, c'est que, cette indifférence, ce «non-amour», les enfants le ressentent. Ils ont des antennes pour ça. Eux veulent de l'amour. Et pas à petites doses mesurées. Par brassées, par charretées, qu'ils en veulent! En exigent. En donnent. Préfèrent être battus qu'ignorés. Gifles et baisers cimentent une famille.

Où cela touche au record de mangeur de boudin, c'est lorsqu'on apprend que la femme que j'aimais, la future mère de nos deux garçons, était déjà en possession de trois fillettes. Ça devenait un exploit. Qu'elle était belle! Qu'elles étaient belles, toutes les quatre! Curieusement, cette surabondance d'enfants ne me fut pas obstacle. Nous étions tellement fauchés l'un comme l'autre que l'argent ne comptait plus. N'entrait pas dans nos calculs. Quand il y a des nouilles pour cinq, il y en a pour six, pour sept… Nouilles et tétine de vache furent nos galas.

En mes rêves d'adolescent, la femme, ma future compagne, tenait toute la place. Il n'y en avait pas pour un enfant, ça ne me serait même pas venu à l'idée. Et voilà que je me trouvais à la tête d'une famille nombreuse !

Je pense aujourd'hui que je ne réalisais pas tout à fait la situation. Il faut dire que je ne suis jamais entièrement là où je suis. Où j'ai l'air d'être parce que ma corporelle enveloppe y est. En fait, une bonne moitié de moi est ailleurs — la meilleure moitié, peut-être ? celle qui devrait être aux commandes ? —, si bien que l'événement dans lequel je suis plongé ne m'est sensible qu'à travers des épaisseurs d'ouate et ne génère en réponse que des réactions très atténuées. Ici, l'impassible n'est qu'un rêveur en pleine dichotomie. C'est ainsi que, paradoxe, je me trouvai lié d'amour ardent à une femme qui était avant tout une mère pour qui rien ne comptait que ses enfants.

Je simplifie trop. Un autre élément était en cause, dont l'importance n'était pas mince. J'étais alors dans un état émotif épouvantable, qui me poussait à tous les excès du désespoir le plus noir. Je venais de perdre Liliane, j'avais des nuits où je hurlais d'impuissance devant l'irrémédiable, j'étais le petit enfant perdu. Pour moi dont la seule joie possible ne peut venir que de la femme et donc aussi le seul vrai malheur, c'était l'effondrement, l'horreur absolue. Seule une femme pouvait me sauver. Je ne le savais pas, mais un sûr instinct de survie me poussait vers la femme, comme l'enfant perdu vers sa mère.

Je n'ai pas été un mauvais père. J'ai été bien pis : un père distrait, voire absent. Je ne prends nul plaisir plus ou moins masochiste, en tout cas malsain, à constater cela. Je n'en éprouve nul remords. Ce fut tant pis pour les enfants, mais ils ne manquèrent pas d'amour, leur mère en débordait pour chacun d'eux comme s'il était enfant unique.

L'homme n'est que contradiction. Ou peut-être est-ce moi ? Pourquoi me souvient-il avec plus que de l'attendrissement de ces petits matins ensommeillés où, après avoir extirpé Jérôme, l'aîné, qui devait avoir alors deux ou trois ans, de l'étroit classeur de bureau lui servant de lit, puis sorti Laurent, encore bébé, du vieux landau où il dormait, tandis que les petites filles, dégringolées de leurs lits superposés, se bousculaient autour de l'unique robinet, je me retrouvais, le petit déjeuner avalé sur le pouce, sur un trottoir encombré, poussant vers la crèche le landau qui contenait un Laurent lavé, changé, gavé et tétant son pouce, tandis que Jérôme, perché sur mes épaules, chantait à tue-tête en marquant la mesure à coups de poing sur mon crâne ? Comme si le quotidien n'était qu'une fabrique de souvenirs dont on ne peut sentir et apprécier le goût que retranscrits longtemps après par la mémoire ?

Les enfants ont été longtemps sans savoir ce que je faisais au juste pour gagner mon pain et le leur. En fait, pendant de longues années, celles de leur enfance puis celles de leur adolescence, je brûlai joyeusement ma vie dans le dévorant brasier de *Hara Kiri* puis de *Charlie Hebdo.* Ils ne surent pas le travail écrasant, les nuits blanches, la rigolade énorme, le harcelant manque de fric, les procès, les victoires, les désastres… Je ne sais pas si les autres en parlaient à leurs gosses. Moi, digne fils de ma rugueuse mère, je considérais comme un devoir sacré d'apporter la paie à la fin du mois. Quand Choron ne payait pas, je trouvais des petits boulots, des « ménages », dans le dessin de préférence, et vogue la galère. Je pense que les gamins eurent vent de mes activités journalistiques quand leurs petits camarades leur jetèrent des pierres parce que leur papa faisait un journal dégueulasse que leurs parents leur défendaient de lire.

Il m'est arrivé de percevoir la présence d'enfants dans mon voisinage. Des miens, par exemple. Mon cerveau enregistrait, et puis replongeait dans ses billevesées habituelles. Aujourd'hui, il m'arrive de me demander comment ma présence parmi eux était perçue par mes enfants. Comme celle d'un ectoplasme bougon, je suppose, un ustensile encombrant dont ils comprenaient mal l'utilité. On me dit que je piquais des colères assez effrayantes. Je ne me rappelle rien de tel. Les aurais-je battus ? Je n'en ai pas le souvenir, mais je commence à me méfier de ma mémoire, que je surprends trop souvent à essayer de m'imposer le portrait d'un moi-même idyllique.

Il est une source de tristesse plus vacharde encore que la découverte de son premier cheveu blanc. C'est voir blanchir la tête de ses enfants. Si détaché soit-on, on ressent cela comme une violation des lois naturelles. Ce petit bout d'homme qui me cavalait dans les jambes, voilà qu'il me rejoint au club, au club maudit des voyageurs en attente du dernier train ? On se souvient alors de la désinvolture bien imitée avec laquelle on a soi-même accueilli le premier fil blanc, c'est pas dur, c'était hier, merde, mais oui, hier, ou le jour d'avant, peut-être, mais pas plus loin ! Je n'ai rien vu, tout m'a filé entre les doigts, et voilà, je ne me suis jamais senti vieux, c'est pour bientôt, d'accord, mais pas pour aujourd'hui ! Et ce type, là, ce vieux, c'est mon fils ?

J'ai trop vécu. L'un après l'autre me quittent ceux avec

qui j'ai fait des choses, ceux avec qui je pouvais en parler. J'ai la trouille. La trouille de rester seul. Le seul. Perdu parmi ces générations que je ne connais pas, dont le cerveau ne fonctionne pas comme le mien. Qui savent tant de choses, maîtrisent tant de savoir-faire, explorent des domaines auxquels je n'ai pas accès.

Ils seront vieux et méchants. La vieillesse rend gâteux ou méchant. Ils auront des indifférences à punir, des revanches à prendre. Ils vont se venger, les petites vipères.

Je crois bien que je commence à avoir vraiment peur.

LE CON DE MAUBERT

Dans le quartier Maubert, je passe pour un con. Je crois vous l'avoir déjà dit. Vous qui habitez le quartier Maubert, vous direz que c'est pas d'hier et que je découvre l'Amérique. D'accord. Seulement, jusqu'à il y a pas longtemps, on me considérait. J'étais un peu con, d'accord, et peut-être même plus que ça, mais j'étais admis, c'était mon rôle, comme Christian, le clochard au labrador. Je dis Christian en tant que clochard, attention, pas en tant que con. Des cons, à Maubert, il n'y en a pas. Des clochards, oui. Ne pas dire SDF, ils méprisent. Des cons, il n'y avait que moi. Tout le monde savait que j'écrivais des choses dans un journal pour chier sur le gouvernement. Pas moi, le journal. Moi, j'ai assez de mal à chier comme ça, le supplice du petit matin, pour m'amuser à faire chier les autres.

Pourquoi je passe encore plus pour un con ? Parce que — ça s'est su ! — j'écris des choses très belles, vraiment très belles, dans un journal qu'est pas fait pour ça. Pourquoi est-il fait, alors ? Pour chier, comme je vous disais, sur le gouvernement, mais en visant à côté. Et pour que ça se sache. Ce journal est un des chemins qui mènent dans les parages historiques en passant par l'escalier de service et, entre autres avantages, sans perdre son temps et sa salive à raconter des conneries et des mensonges à l'électeur moyen.

J'étais le seul, figurez-vous, à n'avoir pas compris. Tout Maubert savait et achetait ce journal — ou lisait par-dessus l'épaule du gars dans l'autobus —, pour savoir quelle rigolade pas vraiment méchante mais ayant l'air sincère ils avaient trouvée cette semaine pour faire semblant de faire chier le gouvernement. Ils avaient trouvé ça, lui faire une bouche tout en largeur qui lui barrait sa vilaine gueule, au gouvernement, une bouche plus large qu'il n'était haut, et ça faisait toujours rire parce qu'on avait tous compris la combine. À Maubert, pas un seul con, je vous dis. Sauf moi. Mais moi, j'étais admis… J'étais le con du village. On m'aimait bien. Distraitement bien. On me tapotait la tête avec un bon sourire. On se disait : « Ce con n'a rien compris. Il passe ses nuits à écrire des choses admirables — admirables, si si, mon cher Cavanna, ne faites pas le modeste, nous sommes des connaisseurs en choses admirables —, mais il n'a pas compris que c'est pas là que ça se joue. On écrit là-dedans pour grimper un jour un escalier à tapis rouge. »

Et puis un jour, va savoir comment, ça s'est su. Pas par moi, j'ai trop honte. D'écrire des choses admirables, d'abord. Qui écrit des choses admirables ? Des cons qui n'ont rien compris. Les pas cons écrivent des choses UTILES. Contre les Arabes, par exemple, contre le tsunami, contre Allègre, contre le ministre de l'Immigration et ses charters, contre la mévente du vin de Champagne, contre les poignardeurs de leurs petits camarades dans la cour de l'école mais faut les comprendre, contre le sionisme mais, là aussi, faut les comprendre…

Donc, ça s'est su. Que je racontais mes doigts de pied vraiment pour raconter mes doigts de pied. Ce n'est qu'en racontant ses doigts de pied qu'on fait des choses admirables. Apprenez cette phrase, jeunes pleins d'espoir et de talent, mais ne l'appliquez pas, surtout ne l'appliquez pas ! Attendez qu'un con crève sa vie à imposer un journal, et fauchez-le-lui. Les rieurs, mais aussi les gens de goût, seront de votre côté. Vous serez adulé. Les sommets vous tendront les bras.

Je suis le con, le con de Maubert, qui se demande comment il va payer l'électricité, celui qui, avec des gars qui, à l'époque, en avaient, a créé, fondé, écrit et défendu sans un rond un journal qui ne ressemblait à rien de ce qui avait existé jusque-là et pas davantage à ce qui s'est fait depuis.

NUIT BLANCHE

Il y a Notre-Dame. Tout le monde connaît. C'est gros, c'est ventru, c'est mafflu, c'est pansu, ça coupe la Seine en deux, bien à cheval sur le milieu, un pont à droite, un pont à gauche, et l'eau qui coule par-dessous.

Au bout du pont — le plus petit des deux — il y a Saint-Julien-le-Pauvre, comme, au fond du jardin, il y a la cabane pour y faire ses petits besoins. Il y a toujours du papier, le bedeau y veille.

Autour de Saint-Julien fleurit donc un petit jardin. Charmant. Ce jardin est clos de portes qui n'ouvrent que tard le matin, après que le curé de Notre-Dame a fait son premier pipi, car c'est lui qui a la clef. Lorsque, ayant arrosé d'une pluie bienfaisante un buisson de dahlias jaunes — toujours jaunes, les fleurs, mais pas toujours dahlias —, monsieur le curé a rejoint sa grosse église pour y faire ce qu'un curé a coutume de faire dans une église — mais en beaucoup plus gros —, on peut entrer et visiter Saint-Julien-le-Pauvre. On peut, mais qu'irait-on y faire ?

Au Louvre, il y a *La Joconde.* À la Conciergerie, il y a la tête momifiée de Marie-Antoinette, fraîche comme au jour de sa mort et retrouvée par hasard dans la tribu des Montadadas, au fond de la forêt amazonienne. Entre nous, vous voyez qu'on a bien fait de la raser, la forêt. À Pigalle, il y a des travelos. À la tour Eiffel, il y a la tour Eiffel. À Saint-Julien-le-Pauvre, il n'y a rien.

Pendant quelque temps, il y eut un perroquet, un vrai, de toutes les couleurs, il vivait dans le robinier — que les ignorants appellent « acacia », méprisons-les —, mais il a dû déménager, on ne le voit plus. On en parle encore, place Maubert, si bien que les gens voient l'absence du perroquet et ne voient pas la présence d'une curiosité d'une tout autre carrure : le faux acacia en personne. Le plus vieil arbre de Paris. Moi je dis même d'Europe, j'ai pas la trouille.

Tout ça en si peu d'espace ! Et la visite n'est même pas commencée… Passant qui passes, courbe-toi vers le sol. Unis tes mains en conque et, dans cette conque, ramasse une poignée de cette poussière grise. Maintenant, recueille-toi. Tu as dans les mains, parmi d'autres vénérables débris, une pincée des cendres d'Étienne Dolet, qui fut brûlé ici même tout vif par les curés.

Avant ou après le pipi du matin, brûlé ? Je dirais plutôt avant.

Malgré le pipi du curé — et d'autres, rien n'est contagieux comme le mauvais exemple — ou grâce à lui, le petit jardin est un paradis. J'aime, aux heures où tombe la grande paix du ciel, aller y méditer sur ces choses qui se méditent. D'autres y viennent pour fumer la mortelle cigarette, d'autres pour y frôler des fessiers pleins de périls, d'autres enfin pour s'y vautrer tout de leur long sur un banc au soleil. Christian était de ceux-là.

Tout objet, toute idée, tout ce qui est ou peut être,

même le plus abstrait des concepts, est le contraire de tout ce qui n'est pas lui-même. Il n'existe qu'une chose qui ne soit pas son propre contraire : c'est soi-même. Je pense que je fais une petite crise de philosophie, cette phrase sentencieuse m'est venue comme ça, à l'heure où tombe la grande paix du ciel, dans l'allée du jardin qui longe le mur sud de Saint-Julien, le plus vieux. Sans doute a-t-elle été formulée deux mille fois depuis les barbus de la Grèce, sans doute. Moi, elle me plaît. Elle peut se retourner dans tous les sens, tu trouves pas la sortie. Et purement ludique, comme disent les gens instruits et qui veulent que ça se sache. Aucune utilité. Pas comme celle-ci, qui n'est venue à personne avant moi, sans quoi ça se saurait : « Tant que tu n'es pas mort, tu es immortel. » Toujours l'avoir au fond de son sac. Elle en a sauvé plus d'un. Sauvé de quoi ? Ça… Sauvé.

Ce livre devait être une somme. Quand un livre devient-il une somme ? Probablement quand le film qu'on en a tiré devient un film culte. *Guerre et Paix* est-il un film culte ? Ça dépend. Ça dépend de la version. Il doit bien en exister quarante, je ne sais pas si vous voyez. Disons que *Guerre et Paix*, le roman, devient de plus en plus somme au fur et à mesure que les versions du film deviennent de plus en plus cultes.

À brûle-pourpoint :

— Le contraire d'un chien ?

— Un chat !

Et voilà. Trois mille ans de culture occidentale, dont cent cinquante d'instruction publique gratuite, laïque et obligatoire… Question suivante, tout naturellement :

— Le contraire d'un Arabe ?

— Un Juif !

Voilà la politique qui s'amène. Jamais bien loin, celle-là. Changeons de trottoir. Et Christian, sur son banc ? Tiens, c'est vrai. Il se prélasse. Ah, non, il pleure. On peut pleurer en se prélassant ? La preuve. Mais se prélasser est gai, pleurer est triste. Il faut choisir. S'il pleure, il ne se prélasse pas. Il gît. Il est écrasé. Il s'est abattu. Ses jambes se sont dérobées sous lui. Il voudrait s'enfoncer dans le sol… Vous voyez, ce ne sont pas les ressources qui manquent, mais restez dans le ton, nom de dieu, restez dans le ton !

Papa, pourquoi il pleure, Christian ?

Je vous le dis ? Allez, je vous le dis. Il pleure, Christian, parce que sa chienne va mourir, Christian. Il pleure, là-haut, sur le siège du banc. Sa chienne gît — ô comme elle gît ! — à l'étage au-dessous, sous le banc, c'est ça. Elle ne sait pas qu'elle va mourir, alors elle s'en fout pas mal. Elle ne sait même pas ce que c'est que mourir, la chienne. Souffrir, ça, oui, elle sait. Mais elle ne comprend pas pourquoi. Elle a un gros machin qui lui est poussé dans le ventre, elle n'a jamais commandé ça. Elle n'en veut absolument pas, ça fait trop mal. Qu'est-ce qu'il fout Christian ? C'est son boulot de s'occuper de ces choses. Elle, son boulot, c'est d'être chien. Elle l'est. Avec même un *n* et un *e* en plus. Elle n'a rien à se reprocher. Elle ne gueule pas, les labradors ne gueulent pas, et justement c'est ça qu'elle est, si on veut entrer dans les détails : labrador. Non, pas labradore, en dépit de ces dames des Droits de la Femme Battue qui m'attendent dehors pour me faire ma fête. Elle ne gueule pas, elle geint à petits coups bien élevés parce qu'elle ne peut pas s'empêcher.

Christian non plus ne hurle pas. Les larmes lui coulent parce qu'il entend la chienne et que le dispensaire vétérinaire est fermé jusqu'à lundi…

*

Stop, Cavanna. Ça va comme ça. Tu es là à faire l'aimable et le facétieux, imbécile imbu de toi-même! Alors qu'il est trois heures du matin, que le cauchemar t'a jeté à bas de ton lit, ton trop vaste lit de curé dans ton austère chambre de curé… Arrête tes conneries! Tu n'es pas un amuseur, pas même un clown tragique. Tu es un pessimiste profond et destructeur, tu ne sais que démolir, ton humour n'est pas haine parce que tu ne sais pas haïr — même pas ça! — mais il est bien pis : il est désespoir.

*

Cette guerre que je n'ai même pas faite, que j'ai traversée en touriste, elle me hante de plus en plus profondément à mesure que les années s'entassent, m'éloignant d'elle mais me la faisant plus dévorante. Je n'y suis pas acteur, pas simple spectateur non plus, disons spectateur participant. Toujours menacé, toujours victime, je n'ai que la terreur de la menace. Je m'en tire, et moi seul. Plutôt, une femme m'en tire. Ce n'est pas une grande ombre mystérieuse, non non. Une que j'ai connue, que j'ai aimée… Non. Qui m'a aimé. Qui m'a aimé, moi, l'affamé d'amour. Elle disparaît à mon réveil. Et c'est cela, sa disparition, qui est la vraie terreur et m'arrache au sommeil. Je sais qui tu es, je sais, attends, ça me revient, je sais, te dis-je, ne t'en va pas, ne me laisse pas… Elle est déjà partie. Alors commence l'abominable retour à la réalité. La conscience qui revient, le visage désiré qui se fond dans une grisaille sans bords, et moi qui reste sur ma faim, vieil homme pleurnichard qui a trop vécu.

C'est cela que je dois écrire. Peu importe que ça vous plaise ou non. « Plaire »... Quel mot dérisoire pour cet acte énorme ! C'est dire que la Joconde est jolie, que les petits pois sont extrafins. Écrire est une colère, écrire est un transport, écrire est une conquête, une immensité. Rejetons le mot « passion », trop sali par les petits malins de la pub.

*

Anecdotes, oui. Ça me revient par anecdotes. Quand le rêve mauvais tisonne ce coin de braise où tout cela couvait. Ce soir-là, tiens, ce crépuscule, interminable comme tous les crépuscules baltes, où, harassé d'avoir arpenté les routes et les chemins de Poméranie à la recherche de mon amour perdu, je me trouvai en haut d'une colline de sable, une espèce de dune couverte d'une herbe coupante, aux lanières de fouet. Figé sur place — il valait mieux être prudent —, je voyais, en contrebas, dans un creux de cuvette, des uniformes occupés à quelque chose. Les Allemands avaient été chassés du coin quelques jours plus tôt. Ça ne pouvait être que des Russes. C'en était. Une escouade, ou appelle ça comme tu voudras, mitraillettes nonchalamment braquées sur quatre ou cinq prisonniers chleuhs qui fabriquaient je ne sais quoi.

Je compris vite. Il y avait, à l'écart, deux tas. De cadavres. Les uns en uniformes de l'Armée rouge, les autres à poil, d'un blanc lumineux dans le dernier soleil. Les prisonniers piochaient. C'est-à-dire pelletaient, ce sol n'est partout que du sable. Tout ça se faisait tranquillement, comme ça se fait. Boulot pépère, si vous aviez gagné c'est nous qui creuserions, cette sorte de chose, t'as pas un clope ?

Les Allemands étaient trop jeunes ou trop vieux. Trois jeunots de treize-quatorze ans, deux vieillards dont un très avancé. Son torse nu était d'un squelette, sa peau gris-jaune, ses gestes exténués. De pauvres cons du Volksturm, de cette armée ultime levée par Hitler en pleine déroute.

Leurs gardiens ne les harcelaient pas trop. Les « *Skarei !* » résonnaient sans conviction, machinalement. Quand un trou était estimé suffisant, deux Russes prenaient, sur le tas de morts russes, un de leurs camarades et le déposaient, avec les gestes qu'impose le respect, au fond de son trou. Tous alors entouraient la tombe, casquette à la main, le gradé prononçait quelques mots, tous saluaient, et les deux vieux Chleuhs commençaient à reboucher. Le gradé tassait un peu la terre à coups de botte et puis posait debout sur la tombe une espèce de pyramide rouge en contreplaqué, surmontée d'une étoile, rouge aussi, ça faisait un pimpant cimetière d'arbres de Noël.

Le tas de morts allemands, ils n'y touchaient pas. Ils resteraient à pourrir sur place jusqu'à ce que les corbeaux les aient becquetés ou que les Russes aient permis l'organisation d'une corvée. Il y avait plus urgent.

La dernière pyramide fut érigée juste comme mourait le dernier rayon de soleil. Tandis que l'on rassemblait les pelles, je me rendis compte que le plus vieux des deux vieux restait affalé sur le sol. Le gradé russe semblait emmerdé. Il discutait. Je m'étais approché. Tout de suite, mitraillettes sur le ventre, des avec la boîte à camembert. « T'es qui, toi ? — Frantsouz ! — Ah, Français ? Très bien ! Ami », et ils ont continué sans plus s'occuper de moi.

Je finis par démêler que le vieil Allemand était au bout du rouleau, qu'il souffrait abominablement et que cela posait question. Le vieux, en effet, était bien mal. Affalé par terre, il levait vers les Russes un regard d'une telle intensité de désir que cela touchait à la gourmandise. Ce qu'il désirait, ce qu'il les suppliait de lui accorder, c'était la mort.

Mains serrées pour une prière, il répétait : « *Bitte schön ! Bitte schön !* » Je comprenais assez de russe pour suivre la discussion. Le gradé disait : « Moi, je veux bien, mais faudrait au moins qu'il y ait tentative. Deux pas, je gueule "Halte !", il ne s'arrête pas, je tire. Comme ça, tout est en règle. » L'autre répondait : « Il ne peut même plus se mettre à quatre pattes. Allez, Youri, quoi, sois pas vache ! On est tous avec toi. » Youri faisait de la tête un signe en direction des jeunes Allemands. « Et ceux-là, hein ? Qu'est-ce que ça ferait pas pour une rondelle de saucisson… »

Je dis, histoire de rire : « Tuez-les tous ! » Les Russes ont le sens de la plaisanterie. Ils rirent de bon cœur, et puis il y en eut un qui suggéra : « Et toi avec ? » Ils rirent encore. D'un drôle de rire. Je fermai ma gueule.

Ayant pris congé, je suivis la route, droit devant moi. Je marchais lentement, tendant l'oreille. Enfin, une détonation. Une seule. C'était bien suffisant.

TOUBO, ORANG

Ne nous y trompons pas. Ce livre que vous lisez n'est pas un livre frivole. Enfin, il n'est pas que frivole. Comme beaucoup d'autres livres importants, comme la Bible, comme le Coran, comme *Gargantua*, il est construit autour d'une question. Cette question — la sienne —, la voici :

Où peut bien être, que peut bien faire, en quoi peut bien se changer la petite Virginie quand elle disparaît du monde, chaque soir à cinq heures, pour ne reparaître qu'à cinq heures, le matin suivant ?

C'est un mystère. Le mystère de la petite Virginie. Il n'y faut pas chercher d'explication, il n'y en a pas. Le propre d'un mystère est justement de n'en pas avoir. Bornons-nous à relever certaines conséquences curieuses de cet état de choses.

L'hiver venu, la petite Virginie disparaît alors qu'il fait déjà nuit, reparaît alors qu'il fait encore nuit. Pendant de longs mois elle ne connaît que fort peu la clarté du jour. Ce qui tendrait à l'apparenter à la Petite Sirène.

Comment disparaît-elle ? Tout simplement : elle cesse d'être là. Se dissout-elle peu à peu dans l'air, pâlissant de tout le corps à la fois, ou bien commence-t-elle à un bout, disons les pieds, pour remonter jusqu'au sourire, qui s'effacerait le dernier ? Ou peut-être s'éteint-elle d'un coup, comme on appuie sur un bouton ? On peut se poser ces questions, ce n'est pas là qu'est le mystère. On peut, mais jusqu'ici personne n'a pu y répondre. Elle est là, elle n'est plus là. C'est tout. Il faut bien s'en contenter. Ça peut se produire n'importe où à cinq heures. C'est une question de temps, pas de lieu. Certains ont essayé de pister la petite Virginie quand approche l'heure de la disparition. Ils ne la quittaient pas des yeux, lui serraient le bras. Mais on ne peut éviter de cligner des yeux et, quant au bras serré, j'aime mieux vous dire que celui qui serrera le bras de la petite Virginie, eh bien il n'est pas encore né, celui-là.

Elle disparaît n'importe où, d'accord. Elle ne reparaît pas n'importe où. Où donc reparaît-elle ? Dans l'eau.

Pas n'importe quelle eau. Celle d'une piscine, celle-ci ou l'autre, on ne peut pas prévoir. Pas l'eau d'un bénitier, pas l'eau d'une douche, pas l'eau de la Seine. L'eau d'une piscine. De Paris. Tu regardes l'eau, il n'y a rien. À cinq heures du matin, les piscines, à Paris, sont vides. Rien. Et puis il y a quelque chose. Qui nage. Comme une grenouille. Une bonne vieille brasse coulée à la papa. Voilà. La petite Virginie est de nouveau là.

Moi, j'ai mon idée, moi, quant au mystère. C'est Paris. C'est-à-dire, c'est les Paris. Il y en a deux. Un dessus, celui des touristes, un dessous, celui de l'antique Seine, celle d'avant celle qu'on a maintenant. Il fut un temps où la Seine, celle du dessus, ne coulait pas où elle coule aujourd'hui. Elle passait majestueusement devant la gare Saint-Lazare, sauf qu'il n'y avait pas de gare Saint-

Lazare. Il y avait des marécages dégueulasses. Toute la rive droite était un vaste marécage plein de grosses bêtes qui se vautraient dans la boue. Et puis il y a eu un tremblement de terre, un truc comme ça, ne me demandez pas les détails, et la Seine, avec toute sa flotte, a fait un saut gracieux comme tout et est retombée sur ses pieds juste où elle est maintenant, et avouez que c'est bien mieux.

Pourquoi je vous raconte ça ? Ah, oui. Paris est bâti sur une rivière. La rivière d'en dessous. Elle coule, discrète, puissante, et ressort des fois en surface en sources ravissantes mais captées par du béton, que voulez-vous... Et sous terre c'est un grouillement d'eaux courantes, de tourbillons, de précipices, de cascades, ça gronde, ça hurle, ça gémit, ça murmure. Il faut connaître. Même les gars des égouts ne connaissent pas. Eh bien, la petite Virginie, c'est son pays. C'est là qu'elle est tenue de rentrer à cinq heures pile. Qu'est-ce qu'elle y fait ? Moi je sais : elle dort. Ces créatures de l'eau ont de gros besoins de récupération. Et de bouffe. De l'omelette. Mais l'omelette frit mal dans l'eau. Il lui faut donc aller la manger chez Panis. Je soupçonne que, derrière le comptoir de chez Panis, dans le bac à plonge, il y a un débouché d'une source de là-dessous.

Dans les eaux souterraines, il y a des tritons. Tous les tritons de Paris et de la proche banlieue sont amoureux de la petite Virginie.

... Mais celui qu'elle aime
Qu'elle a dans la peau
C'est Bibi-la-Crème
Parce qu'il est costaud...

Non, ça, c'est *Nini Peau d'Chien.* La petite Virginie, elle, celui qu'elle aime, je le connais, moi. C'est Toubo. C'est le plus beau, c'est le roi. Il est roux comme la rousseur même, et ça lui va admirablement. Il règne sur ses femmes, parmi lesquelles sa mère, car il a de gros appétits. Mais celle qu'il aime, celle pour qui il écrase des baisers pleins de fougue et de délicatesse sur la vitre, c'est la petite Virginie. Quand elle est là, plus rien ne compte. Ils sont tellement beaux qu'on aimerait les voir enlacés, au diable la vitre, elle toute menue dans les bras immenses, blottie dans la fourrure, la rouge fourrure du ventre sans limites.

Moi, je suis sûr qu'entre leurs deux corps, entre leurs deux visages, la vitre, détestable à tous autres, se fait complice. Elle fond à leurs chaleurs ajoutées, on ne voit pas ce qui se passe parce qu'elle est transparente, mais je vois très bien qu'il n'y a plus rien entre leurs deux ventres, plus d'obstacle, que leurs doigts s'enlacent, que les boucles rousses se mêlent aux boucles brunes et ne sont plus qu'une toison bicolore, que la petite Virginie tout à coup pâlit de la pâleur du bonheur et que le sourire vainqueur de Toubo ne reflète pas seulement le plaisir de se gratter les couilles. Car il se gratte les couilles.

Et moi, je suis jaloux. Je ne devrais pas.

EN ATTENDANT

Je sais. Il est inconvenant de parler de la mort. Sauf dans une église si l'on est curé. Elle est pourtant là et, si l'on évite d'en parler, on y pense beaucoup.

J'ai longtemps pensé que j'avais peur de la mort. Parce que c'est l'attitude spontanée, j'allais écrire : l'attitude correcte. J'évitais d'y penser. Le grand âge venu, j'osai regarder cela de plus près. Et j'en vins à la conclusion que ce que je ressentais n'avait rien de la crainte. Un immense regret, ça oui. N'être plus là, quel dommage ! Cette vie n'est pas spécialement drôle, surtout ornée de toutes les infirmités, souffrances, chagrins et désillusions de la vieillesse. Mais c'est la vie ! Ma vie. Je n'ai que celle-là. Même amputée de bien des sources de joie, elle est délectable. Chaque rayon de soleil m'est réjouissance. Tant que la douleur reste supportable, que les fonctions vitales s'accomplissent cahin-caha, que mon cerveau, là-haut, grignote, vif comme l'écureuil, sa noisette de folie, je me sens chez moi sur mon bout de planète et n'ai aucun plaisir à me dire qu'il faudra la quitter.

Est-ce là ce que l'on nomme sérénité ? Cette « angoisse métaphysique » que je ressens comme tout un chacun n'élève pas ses ambitions jusqu'à l'angoisse, justement. Est-ce une infirmité ?

Il y a en moi une espèce de compteur qui, à tout moment, mesure ce qu'il me reste. Très approximativement, puisque la date exacte ne m'est pas connue. Tout de même, à mesure que le temps s'écoule, l'échéance, quelle qu'elle soit, approche. Dix ans à compter d'aujourd'hui serait exceptionnel, me classerait dans le peloton de tête des aspirants au nombre à trois chiffres… Disons quand même dix ans, ça fixe un peu le programme. De l'optimisme, que diable !

Eh bien, le croirez-vous, ces hypothétiques ultimes années, je les envisage avec jubilation. Je sais bien que, finalement, elles ne m'apporteront rien de plus que ce que j'ai, qu'elles seront même beaucoup plus dures, de plus en plus dures, que toutes celles qui les précédèrent, mais c'est comme ça, je les attends comme, enfant, j'attendais les vacances, qui, pourtant, ne m'apporteraient rien d'autre que l'ordinaire, avec un peu plus de temps pour traîner dans les rues.

À vrai dire, cette vie d'insouciance est déjà la mienne. Ça s'est fait peu à peu, tâches et responsabilités se sont détachées de moi, je n'ai rien vu, je travaille, certes, mais comme on rêve de travailler, juste ce qu'il faut. Pour le plaisir, dirais-je, si je n'étais obligé de gagner ma croûte. J'ai du pot. Beaucoup de pot. Mon travail a toujours été une récompense. Ce que doit être jouer au football pour un footballeur de profession. Il y eut cependant des moments terribles. C'est fini. Il n'y aura plus de moments terribles. Je n'ai plus à me battre, plus rien à conquérir. Ce qui n'a pas été conquis ne le sera jamais, tant pis. N'étant pas avide, je renonce facilement.

J'ai atteint le temps féerique où tout peut se remettre au lendemain. Les heures languissent, les tâches abandonnées s'accumulent, et ça me fait rire. Rien à réussir, rien à prouver ! Tu as atteint ton sommet, il n'est pas bien haut, c'est ta mesure, il faut t'en contenter.

La mort au bout du chemin est ma certitude et ma force. Je m'appuie dessus. Me faites pas chier, vous voyez bien que je suis déjà plus là ! Si jeunesse savait, elle m'envierait.

N'avoir plus rien à espérer, rien à prévoir, personne qui vous attend en frappant du pied… Rien à redouter. S'il est une chose dont je suis certain, c'est que personne ne s'impatiente de l'autre côté ! Nul dieu, nul juge, nul bourreau. Rien que le grand rien.

Il m'arrive de m'amuser à imaginer qu'en effet quelqu'un m'attend, dieu, juge, bourreau… Alors je me dis « On verra bien », déçu d'avance s'il n'y a personne. Et vous savez quoi ? Je me dis que, pourquoi pas, on a peut-être un petit bout de temps avant l'extinction fatale, un petit bout de temps pour déguster le bonheur de savoir enfin.

Ne plus être. Insoutenable. Mais combien passionnant à se figurer ! L'imagination s'y cogne, invente des systèmes. Reste que, devant la mort, on est tout seul, comme le fut le premier être doué d'un rudiment de conscience. Ça m'amuse, ça m'excite, je vais connaître le grand secret ! Sauf que je ne connaîtrai rien, il n'y a rien de spécial à connaître, la raison de toutes choses est une raison, rien de plus…

Et bon, me voilà parti à déconner métaphysique de grand-mère… N'empêche, qu'est-ce que ça me ferait plaisir si, une seconde avant, tout m'était expliqué. Et puis, plouf ! Mais je m'en foutrais, du plouf. J'aime comprendre, que voulez-vous.

Rien n'est plus, rien n'a jamais été, galaxie ou coccinelle, puisque n'est plus mon rudimentaire système nerveux pour faire exister tout ça. Chaque mort est la mort de l'Univers.

Je reviens sur mes rodomontades du début. Bien sûr que si, j'ai peur. Pas de la mort elle-même, pas de la mienne, mais de celle de Tita. Il m'arrive de me dresser dans mon lit, tremblant, éperdu. Un cauchemar. Tita est morte, ou bien elle m'a quitté. Dans ces concentrés de terreur, elle se délecte de mon désarroi. Elle meurt méchamment, pour me faire de la peine. Elle me punit en m'abandonnant. La peur devient tellement intense qu'elle brise mon sommeil. Il me faut quelque temps — secondes ? minutes ? — pour revenir à la réalité. J'ai déjà connu cela, la mort de l'aimée. J'étais bien jeune. Je me rends compte aujourd'hui que j'ai vécu cela comme un abandon, égoïstement. Mais tout chagrin n'est-il pas égoïsme ?

L'idée — tout à fait fondée — qu'elle pourrait effectivement partir la première m'écrase. Quelle est donc cette force qui nous lie, moi pénétré de son mépris, elle persuadée de mon détachement ? L'amour ? Mais nous ne nous « connaissons » plus depuis des dizaines d'années. Mais ses coups de déprime ont pour unique thème le rappel amer de mes manquements… Je ne pense pas qu'évoquer ma mort lui soit d'une telle violence émotive… Nos rapports de tous les jours sont cordiaux, adjectif réticent. Il est vrai que, l'un comme l'autre, nous ne sommes guère démonstratifs et ne le fûmes jamais. Sent-elle à quel point je tiens à elle ? Foin de l'hypocrisie prudente des mots : combien je l'aime ?

De nos enfants je n'attends que le reflet de ce que je leur ai donné : pas grand-chose.

Pourquoi évoquer la mort nous ramène-t-il toujours au même labyrinthe, la famille ?

*

J'ai atteint l'âge où ceux qui font métier d'écrire n'écrivent plus. Ce qu'ils doivent s'emmerder ! Je n'étais pas « fait » pour être esclave de la chose écrite. Je le suis devenu. Écrire m'est nécessaire, vital. Raconter. Expliquer. Amener le lecteur dans l'état où l'on a décidé qu'il serait, et cela rien qu'en arrangeant des mots. C'est-à-dire séduire. Ou indigner. De toute façon : dominer. Comment s'en passer quand une fois on a goûté à cette ivresse ? Je ne parle pas ici du plus ou moins de succès en librairie, mais bien de cette joie puissante, de cette plénitude qui vous soulève et vous transfigure quand on sent que ça y est, le piège est là, magnifique, la proie ne peut qu'y tomber et rejoindre l'auteur dans son plaisir immense.

C'est pourquoi, jusqu'à l'ultime seconde, j'écrirai. Je dispute contre le gâtisme une acharnée course contre la montre. Mourir foudroyé, soit. Mais pas légume, bon dieu, pas légume ! Pas non plus crucifié sur une souffrance telle qu'elle domine tout.

C'est beaucoup demander. La norme, c'est l'abomination. J'ai déjà trop vécu. Autour de moi, que de manques ! Et que d'horreur… La plus jeune, la petite Marie, dévorée par la drogue, puis Reiser, l'enfant blond, sauvagement déchiqueté par l'oiseau de malheur, Gébé cueilli en pleine vie, Choron témoin de sa propre dissolution dans un néant blême, Roger, mon Roger de toujours, mon frangin, le costaud des costauds, parti à demi paralysé… De quel droit suis-je là, moi, à éviter de penser à eux, parce que, désormais, penser à eux c'est penser à leur calvaire ?

*

Dois-je l'avouer ? Depuis je ne sais plus trop combien de temps, une manie morbide s'est emparée de moi. Quand je suis confronté à un nouveau visage, je ne puis m'empêcher de le dessiner, mentalement, tel que le temps l'aura saccagé vingt, trente ou cinquante ans plus tard. L'état de jeunesse m'apparaît dans tout son provisoire, dans tout son mensonge. Je creuse ces visages, ou je les boursoufle, selon la façon dont il me semble qu'ils doivent évoluer, et je vois, au lieu de la jeune fille rayonnante, la vieille désespérément agrippée à ses restes qui se diluent et lui coulent entre les doigts. Je vois le jeune sportif enfler en supporter à couperose… Ça ne me console pas de ma propre déchéance. Tout au contraire, une rage impuissante me dévore la tripe, une espèce de révolte solidaire de tous les condamnés à mort que nous sommes…

À DEUX SOUS LA BOTTE

Quand les amours ne sont plus que souvenirs, quand plaire encore deviendrait indécent, quand regarder les jeunes filles vous catalogue vieux cochon, quand, pour avoir trop vécu, on n'est plus qu'un élément du décor dans lequel évoluent les vivants, alors il est temps de penser à autre chose. Mais ça, c'est pas possible, ça. Le désir devrait s'éteindre en même temps que la possibilité de le faire naître. Mais non. Le synchronisme est raté. Le besoin de conquête, tout au moins d'éveiller l'intérêt, fût-ce sans espoir de suite, survit au naufrage. Tout vieillard est un noyau compact d'élans réprimés, serrés dans la dure coque des convenances.

La femme d'âge déraisonnable qui a les moyens de s'offrir un gigolo, le grand-père indigne qui s'exhibe avec des nymphettes n'en tirent peut-être pas dans sa plénitude le plaisir avant tout sexuel, certes, mais aussi de tendresse, d'abandon, qu'ils poursuivent avec l'avidité de la dernière chance. Ils n'en ont pas moins satisfait leur besoin d'exister par leur présence dans la vie d'un être dépendant d'eux, même se sachant dupes. Qui les blâmerait de se « donner du bon temps », à part leurs éventuels héritiers ?

Je ne sais pas si vous rêvez. Moi, ça m'arrive. Eh bien, je ne me rêve jamais en vieillard. Je m'en suis aperçu une nuit où je ne sais quel cauchemar m'a réveillé en grand émoi. Non que, dans mon rêve, l'histoire se déroule dans ce qui fut mon propre passé. Le paysage, les gens, la vie, sont ceux d'aujourd'hui ou bien appartiennent au temps informel des rêves. Moi, là-dedans, je suis celui qui n'a pas d'âge, qui ne pense pas en termes d'âge, et en tout cas qui n'est pas un vieillard. Dans cet espace aux limites floues, je suis « je », ce « je » que j'ai toujours été « au fond de moi », cette certitude d'être qui est l'existence même, ce spectateur-acteur qui contemple et qui subit, un être « comme tout le monde », c'est-à-dire jeune sans préciser le nombre des années, n'importe quoi sauf un vieux. Le vieillard, c'est l'anormal. L'abîmé. Le déjà plus là. Le rêve l'ignore. On ne se rêve pas vieux. On ne pense pas sincèrement à « quand on sera vieux ». Même vieux, on ne se pense pas vieux. Quelqu'un a-t-il déjà dit que l'inconscient ne vieillit pas ? Tout enterrement est celui d'un jeune homme. (Ou d'une jeune fille.)

Philosophie à deux sous la botte, j'en conviens. Comme toute philosophie, c'est-à-dire tout besoin de se trouver une place dans l'existant. Il ne s'en dégage nulle règle de conduite. S'ébaudir de ce que les choses sont telles qu'elles sont part d'un besoin de merveilleux qui ne me tourmente guère. Savoir que les fleurs ne sont que les organes reproducteurs des plantes et leurs si belles couleurs des pièges à vecteurs de pollen ne gâche pas le plaisir que je prends à leur vue. Et se dire que les roses tant chantées des joues des jeunes filles — et leurs yeux, donc ! — ne sont rien que les pièges de l'espèce pour amener tel organe en relief à s'enfoncer dans l'organe creux correspondant n'a jamais fait reculer un mâle... Mais je crois que je deviens grossier.

ALADIN

C'est un cadeau. Merci, la vie. Je n'ai pas l'habitude. J'ai été long avant d'oser y croire. J'imaginais quelque cruauté raffinée, le ballon de football offert au garçon à qui l'on vient de couper la jambe… Je n'étais plus en âge pour ce cadeau-là. Ce genre de cadeau. Un mètre cinquante-trois, des joues de poupée russe, des yeux d'écureuil, de petits nichons impubères, une taille de libellule anorexique, des hanches juste où il faut, pas trop n'en faut. Plus bas, là où l'on attendrait le triomphal épanouissement des jambes, une queue de sirène perdue dans l'écaille froide d'un jean ultramoulant. « J'ai les jambes trop grosses, les cuisses aussi. » Il n'y paraissait pas. Coquetterie à l'envers ? Mais bon, ça la rendait plausible. De chair et de sang. Et d'œdème. Du même coup, touchante.

J'ai déjà connu plus petit. Jamais aussi crânement porté. Menue. Voilà qui lui sied à merveille : menue. Dressant en une dérisoire arrogance sa fragilité comme un défi au monde. Mais nous ne sommes pas ici pour rêver sur les charmes et avantages divers de la petite Virginie. Voyons-la en action.

*

Affaire commencée à Saint-Étienne, cité vouée pendant trois jours chaque année à la gloire littéraire, à ses pompes et à ses magouilles, il me semble vous l'avoir déjà dit. Je la retrouvai par hasard, je l'ai conté plus haut, à Millau, puis à Paris. Ce fut le début de quelque chose.

Je n'aurai pas la fatuité de croire qu'elle n'avait lu que moi. Mais bon, là, c'était moi. Mon numéro était sorti. Elle m'avait lu cent fois, me relut une cent unième afin de bien me retrouver, cinquante volumes, sans compter un monceau de chroniques hebdomadaires pour faire rire le bon peuple en attendant sur le toit que l'inondation baisse.

*

Vous savez… Non, vous ne le savez pas, et vous vous en foutez. Vous le saurez quand même. Eh bien, j'aborde en ce moment même la partie la plus difficile de ce roman. (Est-ce bien un roman ?) Un passage tout en délicatesse, si vous voyez. La petite Virginie ? Peste ! C'est là qu'il faudrait un écrivain. Je vais essayer.

Le début, ai-je dit, de quelque chose. De quelque chose de gentiment agréable, d'abord. Ma première admiratrice ! Qui ne m'avait pas oublié !

Elle travaillait alors chez un de mes éditeurs. J'eus l'occasion, je vous l'ai dit ici ou là, de la revoir, de la voir assez souvent, d'oser lui offrir un café, de refaire connaissance avec un être qu'il fallait être aveugle pour l'avoir perdu de vue. Un être tout d'une pièce, au sourire aussi prompt que la grimace, au babillage déconcertant, nourri de coq-à-l'âne et de volte-face, à première ouïe futile, se révélant nourrissant pour peu qu'on ait de l'oreille.

Sacrément attachante. Ne se fût pas tolérée laide. Une vivacité d'oiseau. (J'allais écrire « de moineau de Paris ». Honte ! D'abord, ils débarquent tous d'un Saint-Étienne quelconque…) Qui veut séduire séduit. Elle est toute séduction. Je dis séduction de bon aloi, nous sommes entre gens du monde. Plaire par ses « appas », comme aux siècles à perruque, c'était déjà fait, d'entrée de jeu. Elle visait plus haut. Elle portait toujours une attention soutenue à ce qui lui était dit. Bavarde comme une armée de pies, elle savait se taire efficacement. Se taire et laisser parler, là est tout l'art de plaire à ceux qui ont quelque chose à dire.

Elle séduisait, je l'ai dit, au premier contact. Confirmait au second. Un éperdu besoin de reconnaissance.

Le plus étonnant est qu'elle se soit attachée à moi. Ses spontanéités eurent raison de mes réticences. Je n'eus pas à dire oui, l'amitié ne débute pas, comme l'amour, par un échange de serments. Je ne suis pas un cadeau, moi. Pas léger à porter, les pensées tirées vers le bas par le putain de poids de mes quatre-vingts et quelques balais.

Elle me voyait à travers *Les Ritals.* Au-delà de l'auteur, au-delà des pages imprimées, elle voyait gambader un galopin rêveur dans les caniveaux d'un passé où il existait des caniveaux.

Pourquoi ai-je tendance à parler d'elle au passé ? Manie de scribouillard. Un roman devrait s'écrire au présent. La vie se vit au présent. Pardon, voilà que je fais des mots !

Lâchée sur le pavé de Paris si dur aux pauvres, elle arrachait sa pitance, toute seule, vivait seule, sortait peu, lisait. Il ne me vient sous la plume que des clichés de quatre sous — « un petit animal aux dents aiguës, tenace et dur au mal, perdu dans la jungle parmi les grands rapaces ».

Enfance puis adolescence prolongée chez papa-maman, elle n'avait pris conscience de ce qu'elle voulait faire, et même de ce qu'il fallait vouloir faire quelque chose, que bien tard. Elle avait donc noué son baluchon et était montée à Paris chercher un travail, si possible dans l'édition. Elle-même n'écrivait pas ni ne nourrissait l'ambition de faire son chemin dans la chose littéraire. Supportant très mal l'arrogance des chefs et la servilité des sous-chefs, ses expériences professionnelles finissaient parfois par une colère impuissante, une crise de larmes et une petite Virginie sur le pavé. Pour un temps.

Définir ce qu'il y a entre nous ? J'en serais bien en peine. Je le vis au jour le jour, sans trop chercher à comprendre. De l'amour, tout simplement, dites-vous ? Non. L'amour, je connais. J'aime Tita, d'amour. Cela n'en est pas, n'en fut jamais, ne risque pas d'en être. N'en rajoutez pas, s'il vous plaît, en vous gaussant de mon âge. Quarante-cinq ans d'écart ne me feraient pas peur, ni le ridicule y attaché.

C'est autre chose. Cherchez. La petite appelle ça « amitié ». Moi, je veux bien. Rien de sexuel, ni même d'un peu tendre, entre nous. Elle me voussoie, me rudoie, je le lui rends bien. Il m'arrive — pardonne-moi, Virginie

— de chercher pour quelle raison sordide, crapuleuse ou perverse elle s'est à ce point attachée à moi, qui ne lui apporte qu'un supplément de travail — qu'est-ce que je la fais bosser ! — et d'alarmes.

*

Et voilà. J'ai un petit esclave, sorti tout droit de la lampe d'Aladin. Je n'ai rien fait pour ça, je ne le mérite pas, j'accepte le cadeau, je le regarde se démener, sachant trop bien que les esclaves sortis des lampes magiques des *Mille et Une Nuits* cachent des petites bonnes femmes aux joues de poupées russes, aux yeux d'écureuil, aux nichons impubères, et qu'un jour passe celui qui doit passer...

Un tourbillon d'efficacité. Une organisatrice-née. Elle devine — et agit — avant même que je sache ce que je vais lui demander. D'autorité, elle régente la partie chiante de mon travail, tape sur son clavier à une vitesse fulgurante, effleure son ordinateur d'un index de duvet, règle les conflits, organise mon agenda, me houspille, tombe à genoux devant une ligne de mon écriture, fout tout en l'air si elle estime que je déchois, me voudrait triomphant, sème à tout vent ses joies et ses chagrins, tous paroxystiques, court m'acheter du jambon, sillonne Paris dans tous les sens... et, en marge de tout ça, remplit des journées d'un travail modestement rémunéré.

Je suis lâche, sans exagération mais, tout de même, dans la bonne moyenne. Percevant très bien combien la situation doit, à l'observateur extérieur pas spécialement porté à l'indulgence, paraître plus qu'ambiguë — je n'en ai même pas parlé à Tita, signe, non de culpabilité, mais de résignation à la malignité des apparences, ce qui, quand je l'avouai à la petite, la fit rire, baptisant tout ça d'« amitié adultérine », puisque j'avais tous les inconvénients de l'adultère sans en connaître les délices. Pour le quartier Maubert, elle est la gouvernante dévouée du vieil écrivain.

Elle vit en ascète, se nourrit de parts d'flan qu'elle dévore en marchant, mange comme un ogre si on l'invite, est debout à cinq heures du matin, couchée à cinq heures du soir. De cinq à cinq, donc, est hors du monde. Rentrée dans la lampe d'Aladin ? Je ne veux pas le savoir.

TÊTE-À-TÊTE

Souvenez-vous. Quand miss Parkinson eut jeté son dévolu sur ma personne, je n'ai pas saisi tout de suite l'étendue et la vacherie de ce qui m'arrivait. Après tout, je ne souffrais pas, ce qui s'appelle souffrir. Une fatigue un peu trop prononcée après une marche, quelques courbatures plus tenaces qu'elles auraient dû, vraiment pas de quoi s'affoler. Même, cette fatigue inhabituelle était source de bien-être, je dirais presque de volupté, lorsque je m'allongeais sur un fauteuil ou sur mon lit. Je dégustais le divin soulagement qui chantait dans mes membres, je remuais un peu une jambe, un bras, pour bien sentir le bonheur de la conscience de leur présence. J'ai toujours aimé ces moments de grosse fatigue purement musculaire qui détendaient mes nerfs. Miss Parkinson sait mettre les circonstances à profit.

D'ailleurs le neurologue ne m'avait-il pas assuré que mon cas semblait ressortir à une forme fruste de la maladie, qu'on pouvait espérer qu'elle n'évoluerait pas trop, pas trop vite, que je n'aurais peut-être pas à subir les degrés gravissimes de la saloperie. Je ne demandais qu'à le croire. Cependant, je ne pus me tenir de lui dire :

— Parce qu'à mon âge, n'est-ce pas, on a quelque chance de mourir avant, d'autre chose.

C'était un honnête homme. Ses yeux me disaient : « Oui. »

Miss Parkinson se frottait les mains.

*

Je ne pouvais m'empêcher de comparer mon état, le stade d'évolution où j'en étais, avec celui d'un écrivain connu qu'il m'arrivait de rencontrer chez mon éditeur, et qui, lui, tremblait, me semblait-il, fort et constamment. Je me disais : « Je n'en suis pas là, je ne tremble pas, moi, enfin, quoi ! » J'étalais mes mains devant moi, les doigts bien écartés. En effet, je ne tremblais pas.

C'était une façon bien puérile de me mentir car, si, strictement dit, je ne tremblais pas, au sens plein du verbe « trembler », je n'étais plus maître de ma main. Je jouais sur les mots. Miss Parkinson n'aime pas qu'on la méconnaisse.

Il m'était, en peu de temps, devenu impossible d'écrire. C'est même cela qui m'avait incité à voir le médecin. Ma main allait où elle voulait, non où je voulais qu'elle aille. J'ai une phrase en tête, tout naturellement elle me coule du cerveau au bout des doigts, qui se mettent en devoir de la tracer, l'ensemble cerveau-doigts ne forme qu'un. Cela s'effectue pour ainsi dire tout seul, tandis que les doigts tracent les mots le cerveau conçoit déjà la phrase suivante, ça trotte à un bon petit rythme de croisière, et bon, cela s'appelle écrire. Mais voilà que l'harmonie cerveau-main partait à vau-l'eau. Je n'arrivais pas à comprendre ce qui m'arrivait.

Miss Parkinson n'est pas patiente. Elle se demandait pendant combien de temps encore j'allais ignorer sa présence et ses cadeaux.

*

Jusque-là, j'avais été malade, de temps en temps, comme tout le monde. Je m'enrhumais facilement, une espèce de sensibilité exagérée aux courants d'air. Jamais au point de m'aliter. Là, j'entrais en maladie. Comme d'autres en religion.

Je n'en sortirai plus. À la vie, à la mort, je suis à miss Parkinson. Je suis un type avec, sur la poitrine, un écriteau : « Malade ». Je ne serai désormais à ma place, parmi mes semblables, que dans les hôpitaux et les salles d'attente des médecins. Partout ailleurs je serai l'intrus. « Prise en charge à cent pour cent par la sécu », voilà qui équivaut au trop fameux « Tout condamné à mort aura la tête tranchée » de l'ancien code pénal.

« Le Parkinson est affaire de symptômes, m'avait expliqué le neurologue. Ils vont, ils viennent, s'installent ou disparaissent. Il y a ce que nous nous plaisons à nommer des "lunes de miel", la maladie s'estompe jusqu'à donner de l'espoir… Faux espoir ! Elle revient. »

Tout doucement, sur la pointe des pieds, les symptômes, les serviteurs de la dame, arrivent, à la sournoise. Tellement discrets, tellement familiers, qu'ils prennent place parmi les vieilles habitudes. C'est, par exemple, une fatigue bien connue qui se fait un peu plus fréquente, une incertitude furtive du sens de l'équilibre…

L'équilibre. Je tombe, comme on tombe. Mais très souvent. Sans vertige, comme ça. Je me retrouve par terre.

Et voilà que je ne peux plus marcher à reculons. Quelque chose, en moi, a peur. Et a bien raison d'avoir peur. Si je fais un pas en arrière, je me retrouve par terre, va savoir comment ça s'est fait. La même chose pour le demi-tour. J'entends la miss infâme ricaner avec ses légions de séides.

Le dictionnaire de médecine m'apprend qu'on ne sait rien de rien. Peut-être un virus ? Sale bête ! On ne peut qu'agir, tant bien que mal, sur les symptômes. C'est mieux que rien. Agissons ! Oui, mais, l'accoutumance finit par réduire cet effet à zéro. Ah… Alors, cherchez, cherchez vite, chercheurs ! Trouvez le virus, ou quoi que ce soit, et assassinez-moi ça à grands coups de vaccins ! Et celle qu'il y a derrière tout ça !

Il faut s'occuper, sans quoi on pense. Il ne faut pas penser. Je m'occupe. Je me suis juré de reconquérir une écriture lisible. Je crois vous l'avoir dit, miss Parkinson ne se contente pas de saloper l'écrit, elle le rend minuscule, à la limite du visible. Très curieux à voir, en vérité.

Ce fut une dure, une longue bataille. Que j'ai crue un moment gagnée. Qui ne l'était pas. Si vous pouviez voir le gribouillis que barbouille mon stylo en ce moment même… ! Mais je lutterai, j'ai besoin de parler ou je meurs. Ma parole, c'est l'écriture. À la main.

Tant que je pourrai écrire une ligne, je serai présent parmi les vivants. Elle ne m'aura pas.

CANNES

Qui peut me dire ce que je fais là, moi, sur cette scène de théâtre, avec une poignée de bonshommes à peu près aussi ahuris que moi — non, eux savent ce qu'ils font là, ils ont joué des pieds et des coudes pour y être, ils fignolent pour la caméra les plus avantageuses de leurs poses et leurs sourires les plus *smile*, ils arborent smokings ou queues-de-pie, ils ont monté les marches — les Marches ! —, faut que ça se sache.

J'ai donc, moi qui vous cause, gravi les Marches. Voui, voui. Celles de Cannes. Y en a-t-il d'autres ? Je n'étais pas venu pour ça. J'ignorais même qu'il y eût dans le monde, à Cannes ou bien ailleurs, des Marches à monter. Je suis assez plouc, oui. Le coup des marches, je l'ai appris dans le train, ce matin. On était partis de la gare de Lyon, tout le journal ou à peu près, j'avais suivi le mouvement, il y avait quelque chose à honorer, les caricatures danoises sur Mahomet, *Charlie Hebdo* avait protesté contre les incitations à l'assassinat visant l'auteur, *Charlie Hebdo* s'était retrouvé tout seul, la presse française paralysée par la trouille.

Les fanatiques font le procès. XVIIe chambre. Le perdent. Un gars astucieux avait filmé les audiences, en avait fait un film. Juste avant Cannes, si je me souviens. Sélectionné. La bande de *Charlie*, on décide d'aller soutenir nos héros. Service commandé. Smoking obligatoire. J'ai pas de ça dans mon armoire, n'en ai jamais approché de ma vie. Non, pas de smoke, je me sentirais trop ploucasse là-dedans. Je loue un costume noir, je cire une vieille paire de pompes encore vaguement noires qui attendaient ce jour béni. Et le nœud pap ? Là, c'est trop. Pas de nœud pap. La chemise ouverte. Si on me vire, j'irai me balader au bord de la mer. Il y a la mer, à Cannes, non ?

Dans le train, on a mangé des sandwiches de train, on est arrivés, on nous a montré où on coucherait. C'était une espèce de gîte sommaire pour familles en vacances, une nuit est vite passée, et on s'est retrouvés là où ça se passe, je me souviens mal, il y avait du monde, beaucoup, qui gueulait, fort, mais pas méchant. Tout contents de reconnaître les vedettes. J'ai entendu, je vous jure, deux, peut-être trois « Cavanna ! ». J'étais gêné. Les copains me regardaient de travers.

Tout à coup, il y avait par terre un tapis. Rouge, mais rouge ! C'était le début des Marches. Le tapis soudain faisait des angles droits et ça le faisait grimper. J'ai compris qu'il fallait en faire autant. J'aime pas l'ostentation. J'ai voulu fuir, je disais : « Mais non, y a erreur, j'ai rien fait, moi. Je vais même jamais au cinéma ! » Alors Tignous m'a agrippé par un bras, Wolinski par l'autre, et je me suis retrouvé en haut.

Je suis assez distrait. Il y a eu des discours, la projection du film, je ne sais plus trop dans quel ordre. Alignés en brochette, on était vraiment beaucoup sur la scène, dont une bonne moitié de resquilleurs. C'en est presque venu aux mains. Se battre pour être sur la photo, tu te rends compte ? Moi, j'ai toujours pas compris ce que je foutais là. J'aurais bien cédé ma place.

Je redoutais je ne sais quelles festivités, un banquet avec discours, interviews, que sais-je ? Rien de tout ça. Ouf ! On s'est retrouvés dans la nature, si je me souviens bien, à bouffer des sandwiches de train. La nature, c'était la plage. Je peux le garantir, il y a la mer à Cannes. Pas que le Festival et ses marches, la mer aussi. Un peu. En tout cas, l'eau sale qui me giclait entre les doigts de pied était, entre autres qualités, salée.

Nous étions affalés sur un coin de sable mouillé, nous la bande, dans nos belles sapes, prévues pour les Marches, pas pour la plage. La petite Virginie resplendissait, dans la somptueuse robe de grande soirée qu'elle avait louée avec ses sous durement gagnés. On est restés là à glander jusqu'à la nuit tombante, on était quelque chose comme des vainqueurs, ça nous soutenait le moral, pas de train avant le lendemain matin, les gens vraiment importants étaient rentrés par l'avion qui les avait amenés, je veux dire les avocats, maîtres Kiejman, Malka et compagnie, mais aussi Val, Cabu... On se sentait un peu abandonnés, nous, la piétaille. De mauvais esprits disaient : « Ou bien l'avion pour tout le monde, ou bien le train, enfin, merde. » C'est à ce moment que j'ai compris ce que je foutais là. Ma raison d'y être, c'est les deux ou trois « Cavanna ! » sortis de la foule. J'apportais les lambeaux de popularité encore collés à ma personne.

On était donc là, une espèce de déjeuner sur l'herbe sans herbe, en famille, à attendre quoi ? La petite Virginie me renseigne : « L'heure d'aller en boîte, pardi ! »

J'aurais dû y penser. Je dis : « D'accord. Moi, je me tire. » Elle dit : « Moi aussi. » Je proteste : « Va t'amuser. T'es belle comme le printemps. T'es la reine. Profite ! » C'est vrai qu'elle jetait, dans sa belle robe de princesse. La plus belle de toutes, la plus réussie. Lumineuse. Excitée. C'est fou ce qu'une robe fait d'une femme. J'ai bien vu qu'on la snobait. Les autres filles.

La nuit, doucement, tombait. Elle me dit : « Décidément, je m'emmerde. Je rentre. Vous m'accompagnez ? » Je me suis dit qu'elle n'avait pas trouvé le chevalier blanc. Nous voilà partis.

Pour où, au fait ? Cette colonie de vacances pour pauvres, tout ce qu'on savait c'est qu'elle perchait dans les hauteurs, hors de la ville, loin de la mer. Je demande à Fischetti, il a un vague geste du bras : « Par là. »

Bon. On se met en route, perpendiculairement à la mer. La nuit se décide à tomber, toute noire. La pluie aussi. Cannes la nuit, c'est une banlieue du temps où il y avait des banlieues. Sinistre. Des rues. Des pavillons. Interminable. Pas un chat. La petite est vite trempée. Je lui passe ma veste, très chevalier. C'est moi qui suis transpercé. La belle robe à traîne se fait lourde, balaie la chaussée, se charge de sable et de boue comme une serpillière. D'un geste royal, elle l'empoigne à deux mains, se la jette par-dessus l'épaule. Ça fait « flop ! » sur ses fesses. On marche. Elle râle. Surtout parce qu'il faut qu'elle parle. Pas une bagnole. Ah, si, tiens ! Une tire, l'air en maraude, tourne, vire, bizarre. Je pense : « Deux gars qui se cherchent deux copines, à tous les coups. » La petite me serre le bras : « Vous avez vu ? », et court à la rencontre de la bagnole en moulinant des bras. La tire s'arrête. « Vous savez où est le machin de vacances populaires ? » Ils se regardent, l'un dit : « Oh, là là, non on sait pas. » Il ajoute : « Vous lui tournez le dos. » C'est toujours ce qu'on commence par répondre, qu'on sache ou qu'on sache pas : « Vous lui tournez le dos. » Après, on avise. Quelques palabres et nous voilà assis sur les places du fond. Se faire accepter par deux gars en maraude alors qu'on se trimbale un vieux tout ce qu'il y a d'encombrant, c'est le genre d'exploit qu'accomplit quotidiennement la petite Virginie. Elle les harcèle :

— Vous êtes de braves gens, n'est-ce pas ? Vous n'allez pas me battre pour me violer ? Vous savez, c'est Cavanna. Vous n'allez pas le tuer ?

Elle minaude, pas tellement blagueuse, au fond.

Enfin on a rejoint ce lieu mythique. Les autres n'étaient pas rentrés. On s'est choisi chacun une chambre, on s'est dit bonsoir-la bise. Elle rit :

— Ils vont penser que, vous et moi…

— Plutôt flatteur pour moi. Tu vaux mieux que ça. Quoique… Si tu insistais un tant soit peu…

— Mais j'insiste pas. Dormez bien.

Ainsi se termine la glorieuse démonstration de Cannes, où, pour la première fois, je pris conscience de n'être plus guère, dans la joyeuse bande, qu'un vieil accessoire utilisable à la rigueur pour faire la foule autour de la résistible ascension de l'enfant prodige.

SINÉ

C'est avec l'affaire Siné que l'état de choses qui s'était peu à peu établi à *Charlie Hebdo* devint flagrant. Ç'aurait pu n'être qu'une peccadille. Ça devint ce que quelqu'un voulait que ça devienne, un scandale national.

Il y a ce qui se voit. Il y a ce qu'on ne voit pas. Ce qui se voit est tel parce que c'est ce qu'on nous donne à voir.

Je ne suis pas grand analyste, je ne vois pas non plus des complots partout. Il me semble cependant que, là, j'ai marché. Sur le moment. Ensuite, j'ai compris des trucs.

À l'origine, donc, une phrase imprudente de Siné dans sa chronique de l'hebdo « Siné sème sa zone ». Je ne la sais pas par cœur et n'ai nulle envie de plonger dans la paperasse. Il y était question du fils du président Sarkozy supposé fiancé à une jeune héritière quelque peu israélite, d'où Siné déduisait que le jeune homme allait se convertir au judaïsme.

Philippe Val, rédac-chef de l'hebdo — ou peut-être déjà directeur, peu importe — déniche la chose dans son journal à lui, saute en l'air, blêmit, donne du poing sur la table, conclut sobrement :

— Siné, dehors !

Il se trouve que j'étais là. J'ai estimé le verdict plutôt expéditif. Je ne voyais pas où était le mal. Je tentai de calmer Val. Il ne voulait pas être calmé :

— Tu ne vois donc pas ! On va nous accuser d'antisémitisme actif, on ne va pas nous louper. Virer Siné, c'est la seule chose à faire.

Ne voulait rien entendre. Je ne concevais pas une telle réaction. Je connais bien Siné, c'est un provocateur, il ne résiste pas à tirer sur la ficelle, mais en l'occurrence il n'y avait pas de quoi fouetter un chat. Je dis à Val que Siné jouit d'une popularité immense, dans le public et dans le métier… Rien à faire. Siné fut viré.

S'ensuivit l'énorme explosion de sympathie pour Siné, concrétisée par la publication de *Siné Hebdo* et la perte immédiate de plus de la moitié des lecteurs de *Charlie*. Ce qui est plus grave, *Charlie* s'est déconsidéré. Ceux qui l'aimaient hier le méprisent aujourd'hui.

J'ai, comme tout le monde, souffert de cela. J'y voyais le résultat fâcheux d'un coup de dés aux conséquences mal évaluées. Or, tout se déroulait selon un plan, hasardeux, certes, mais sciemment conçu. La moitié du lectorat de l'hebdo était perdue, oui, mais quelle moitié ? Les vieux de la vieille, les nostalgiques du « bête et méchant », ceux qui cherchaient dans nos pages un écho de l'esprit d'autrefois et ne le trouvaient guère que dans certains dessins — et dans la chronique de Siné !

Mais restait l'autre moitié. Celle de ceux qui voulaient de la politique « sérieuse », des thèses, quelques dessins d'humour pour saupoudrer. Certes, cette clientèle-là ne suffit pas à faire vivre l'hebdo après la saignée. Mais quand les lecteurs « sérieux » sauront que *Charlie Hebdo* n'est plus un ramassis de voyous, ils accourront. Je dois bien constater qu'ils sont longs à venir.

J'ai tenté, à plusieurs reprises, de remuer la pâte. Je m'y suis cassé le nez. Mes interventions ne rencontraient que nez baissés et regards fuyants. Cabu est allé jusqu'à m'accuser de tuer le journal. Après cinquante ans de travail commun en toute identité de vues, de durs combats, d'amitié profonde — ou que je croyais telle... Abrégeons.

Val a quitté l'hebdo pour des destinées plus hautes et plus prometteuses. Le passage au journalisme n'aura été pour lui qu'un marchepied vers des conquêtes sans cesse plus brillantes. La politique par l'escalier de service, sans avoir à affronter le vote citoyen, est un magnifique terrain d'exercice pour les ambitions insatiables.

Charlie Hebdo ne mourra peut-être pas. Il ne sera plus *Charlie Hebdo*, voilà tout. Je contemple le désastre. Vingt-cinq ans d'efforts, de talent, de patience à supporter le sarcasme, d'amitié, de crevage, bien souvent sans être payés, vingt-cinq ans d'enthousiasme par une bande de génies fous comme il n'y en aura plus, tout ça pour aboutir à une feuille de mièvres réflexions sans originalité sur des sujets politico-sociaux déjà éculés, quelle dérision ! Tu savais cela, Reiser ? Oui, je suis sûr que ton pessimisme foncier ne serait pas étonné. Et quand tu apprendrais, en outre, que ton fabuleux journal n'avait existé que pour assurer la promotion sociale d'un ambitieux. (L'adjectif qui convient ici est « mégalomaniaque ». Je me garde bien de l'appliquer au substantif qui n'attend que ça, il suffit d'un adjectif pour qualifier le délit de diffamation.)

AVANT-DERNIER

Je ne sais pas à quoi ressemblera ce livre quand je l'aurai terminé. Sera-ce seulement un livre ? Proust partait à la recherche du temps perdu. N'est-ce pas le fait même du temps d'être perdu ? Ce qui fut n'est plus que souvenir, et rien ne nous garantit que le souvenir est l'image fidèle de ce qui fut.

L'afflux d'émotions se manifesta, rappelez-vous le premier chapitre, quand furent prononcées certaines paroles plutôt banales qui ouvrirent d'un coup la malle aux souvenirs. L'émotion n'était pas le produit du fait évoqué, douloureux ou non, mais celui de l'éblouissement soudain provoqué par la netteté du souvenir et l'absurdité de sa résurgence. Pourquoi celui-là, pourquoi à ce moment-là ?

Peut-être l'état intime assez violent, plein d'incertitudes, de déceptions et de remises en cause que je traverse en ce moment me rend-il fragile et enclin à me réfugier dans l'évocation du passé ?

Je suis particulièrement sensible aux atmosphères. Je supporte mal que *Hara Kiri* et *Charlie Hebdo* n'existent plus ou ne soient plus ce qu'ils ont été. Me manquent terriblement la grosse chaleur de cette ruche en folie qu'était la salle de rédaction, le travail forcené, les foucades de Choron, la corde raide au-dessus de l'abîme, et surtout la cohésion de la bande, cette merveilleuse entente dans la rigolade cruelle, cette fraternité qui n'avait pas besoin de mots pour s'exprimer. Ces années d'excès m'ont marqué plus que je ne m'en rends compte. Le journal et donc les copains étaient tout notre horizon. Nous vivions en marge, sans trop nous en soucier, des vies d'exception. Ces temps m'ont modelé comme les tempêtes modelaient les vieux loups de mer. J'ai un manque, que rien ne peut combler.

Non que l'équipe actuelle me soit rébarbative. Les gars sont « motivés » — le vilain mot ! — et professionnellement efficaces, les réunions chaleureuses, même si, comme toujours dans les réunions de travail, on y bavarde plus qu'on y travaille, mais c'est justement là la magie des réunions que d'être l'obscur levain qui fera lever la pâte.

Il y manque peut-être le sentiment du danger, la peur de se retrouver sur le pavé. Personne n'a le dos au mur, comme c'était le cas autrefois. Chacun travaille aussi ailleurs, nous ne sommes plus le quarteron de mal élevés infréquentables. Certains ont des collaborations régulières à la télé, à la radio. Bernard Maris est prof dans le supérieur, les dessinateurs, loin d'être des parias, produisent des albums à tout-va…

Cela donne un journal qui vise à être reconnu comme tout autre qu'un hurluberlu provocateur, un journal « engagé » — dans quoi ? — où l'insolence des dessins fait passer l'aridité du texte.

Sans doute l'évolution était-elle fatale. Un journal

d'humour, et rien que d'humour, sans parti pris et sans prêchi-prêcha, suppose des tempéraments foncièrement sceptiques, des tournures d'esprit portées à la dérision systématique, un sens du grotesque toujours à l'affût. Toute chose, tout événement, apparaissant d'emblée par son côté dérisoire. C'est le propre des affaires humaines de tourner très vite à la caricature, ne serait-ce que par le boursouflé des commentaires. On ne « fait » pas de l'humour, on est bâti de telle façon qu'il jaillit de soi spontanément, qu'il faut faire effort pour ne pas scandaliser.

Après la terrible tourmente qui suivit l'éviction de Siné et qui manqua bien faire crever le journal, on a l'impression d'une convalescence. Du relevage tenace de ruines après le passage d'un typhon…

*

Quand, en 1992, après dix années de silence, il fut question de relever *Charlie Hebdo* de ses décombres, je voyais cela comme un joyeux prolongement du passé, et je brandissais en grande liesse l'étendard du « Bête et méchant » qui allait de nouveau secouer le vieux cocotier de la connerie, ainsi que le proclamait le dessin de la « une ».

Quelle erreur fut la mienne, et que Choron eut donc raison de m'envoyer me faire foutre lorsque je lui proposai de se joindre à nous !

VINGT-CINQ ANS

Vingt-cinq ans. Il y a dans ma vie un éblouissement de vingt-cinq ans. En plein milieu. Et je m'en rendais compte, n'allez pas croire. J'ai toujours su reconnaître le bonheur, quand il est là, et m'en mettre plein la lampe. On part pour faire rire le monde, on se retrouve en pleine légende.

La légende, c'est nous. Nous, la bande. La bande prodigieuse. On s'est trouvés, on ne s'est plus quittés, on était *Hara Kiri*. Et on le savait. Plus forts que tout le monde, on était. Et on le savait. Ils avaient beau, ils avaient beau, les jaloux, les censeurs, les merdeux, les eunuques. Rien à foutre. On s'aimait. Et on le savait. On ne se le disait pas. Ça ne se dit pas.

Hara Kiri, invraisemblable concentré de hauts talents, oui. Mais avec *Hara Kiri* en plus. Réunis, nous étions davantage qu'une addition. Nous étions tout ça, oui, une poignée de talents dont pas un ne ressemblait à un des autres, dont pas un ne pensait comme pensaient les autres. Aucune influence de l'un à l'autre. Or, de tous ces individualismes mis ensemble était né un être nouveau : *Hara Kiri*.

Vingt-cinq ans de bonheur, c'est beaucoup, c'est énorme. C'est pas humain. Nous étions bien au-delà de l'humain. Méprisés, haïs, ignorés, persécutés, rien n'y faisait. On planait loin au-dessus. Il fallut que survienne l'inimaginable pour ouvrir les yeux de la foule. La mort.

Ils n'y crurent pas. Ils nous haïssaient, mais, dans leur haine, nous tenaient pour immortels. Ils s'avisèrent alors de la grandeur de la chose. La découvrirent. Pleurèrent. « Nous avons brûlé une sainte ! » sanglotait l'Anglais du bûcher de Rouen. Ils n'arrêtèrent plus de la découvrir, la sacrèrent journal culte. Auraient voulu la voir revenir.

Tout groupe d'hommes se dissout, même les Beatles. On ne fait pas revenir les Beatles. Pas plus que Jeanne d'Arc. *Hara Kiri* reviendra-t-il ? Il est figé dans sa légende, il flamboie de toute sa gloire enfin reconnue, proclamée par ceux-là même qui, hier, nous chiaient dessus. Il est attendu.

Vingt-cinq ans… Et pas l'ombre d'une ambition ravageuse, pas une jalousie, pas un coup en vache. *Hara Kiri* avant tout ! *Hara Kiri*, le monstre bien-aimé qui nous dévorait et qui nous ravissait. Chaque numéro était une naissance, c'est-à-dire un accouchement.

*

Entre-temps, un petit frère était né. *Charlie Hebdo*. Une énorme blague l'avait mis sur orbite, le blasphème suprême : la danse macabre sur le cadavre du Sauveur de la Patrie. *Charlie Hebdo* en réchappa, la presse ayant enfin pris conscience qu'il se passait quelque chose du côté de chez nous.

Passons. Vinrent les années noires. Dispersion de la bande. Puis résurrection de *Charlie Hebdo*. J'y ai cru. Les années fastes étaient revenues. Les gars étaient là, sauf les morts : Fournier, Reiser, puis Gébé. Choron avait refusé. Delfeil de Ton aussi. Je n'ai rien vu. Je n'ai pas vu le ver dans le fruit. Je n'ai pas vu que notre journal était devenu un marchepied pour ambitieux visant très haut. Quand Val vira Siné pour « antisémitisme », je n'ai pas vu que c'était là le coup d'envoi d'une manœuvre minutieusement orchestrée qui, se déroulant suivant le plan prévu, devait amener Val dans les parages du pouvoir…

*

Les cons vont chantant ou fustigeant les « orgies » des soirs de bouclage, les soûlographies de Choron, tout ce pittoresque minable pour les, justement, cons. Les cons n'ont rien vu. Les cons ne voient jamais rien. Ils regardent le bout du doigt. Tiens, pour les cons d'aujourd'hui, c'est quoi, *Hara Kiri*? C'est un paquet de merde, du cul, non pour bander, mais pour vomir, je veux dire les tristes numéros des dernières années, où je ne sais quels gougnafiers rapaces rivalisaient de photos cradingues, où la bêtise — non voulue ! —, sous prétexte de parodier vertueusement le cul, faisait du cul pour le cul, et du plus dégueulasse. Ainsi le voient les cons, et c'est cette merde honteuse qu'ils encensent, puisque la mode est venue de l'encenser.

Hara Kiri n'est plus. Je ne veux pas vous emmerder avec mes bobos à l'âme, je veux juste vous dire que son cadavre encore tiède m'a été volé comme au coin d'un bois. Je suis un peu con, oui, je sais. Je les croyais mes amis. Ils ont dépouillé le vieil homme. Oh, en toute légalité. Ils sont devenus tout à fait fréquentables, savez-vous ?

Mais les vingt-cinq ans merveilleux, les vingt-cinq ans tout au long desquels ces gars formidables étaient mes amis, pendant lesquels ils m'aimaient et je les aimais, l'éblouissement de ces vingt-cinq années dans ma vie, en plein milieu, on ne me le volera pas.

Allez, salut.

Œuvres de François Cavanna (suite)

LES FOSSES CAROLINES, 1986.

L'ŒIL DU LAPIN, 1987.

LA COURONNE D'IRÈNE, 1988.

MIGNONNE, ALLONS VOIR SI LA ROSE, 1989.

COUPS DE SANG, 1991.

Aux Éditions Fetjaine

INSTANTS DE GRÂCE. Photos de Leloir, 2010.

Aux Éditions Futuropolis

JE NE SUIS PAS N'IMPORTE QUI ! DE JULES FEIFFER (traduction), 2007.

Aux Éditions Hara Kiri

4 RUE CHORON, 1965.

Aux Éditions Hoëbeke

LES DOIGTS PLEINS D'ENCRE. Photos de Robert Doisneau, 1987.

LES ENFANTS DE GERMINAL, 1993.

SUR LES MURS DE LA CLASSE, 2003.

LES ANNÉES CHARLIE : 1969-2004, 2004.

CAVANNA À *CHARLIE HEBDO* 1969-1981 JE L'AI PAS LU, JE L'AI PAS VU..., 2005.

L'AURORE DE L'HUMANITÉ, 2007.

HARA KIRI LES BELLES IMAGES, 2008.

LA PUB NOUS PREND POUR DES CONS, LA PUB NOUS REND CONS, 2009.

LE PIRE DE HARA KIRI, 2010.

Aux Éditions Jean-Jacques Pauvert

JE L'AI PAS LU, JE L'AI PAS VU... MAIS J'EN AI ENTENDU CAUSER, 1970.

STOP-CRÈVE (chroniques de *Charlie Hebdo*) de 1969 à 1975, 1976.

GAUCHE DROITE, PIÈGE À CONS (chroniques de *Charlie Hebdo*) 1969 à 1976, 1978.

Aux Éditions Julliard

CAVANNA, 1968.

Aux Éditions de L'Archipel

LA BELLE FILLE SUR LE TAS D'ORDURES (chroniques d'écologie), 1991.

DE COLUCHE À MITTERRAND (53 chroniques de *Charlie Hebdo*), 1993.

Aux Éditions Le Cherche Midi

LES PENSÉES, 1994.

À L'école des Loisirs

CRASSE TIGNASSE (traduction), 1979.

MAX ET MORITZ DE WILHELM BUSCH (traduction), 1980.

Aux Presses de la Cité

L'UNIVERS IMPITOYABLE DE GARY LARSON (traduction), 1988.

L'UNIVERS IMPITOYABLE DE GARY LARSON CONTRE-ATTAQUE (traduction), 1989.

MAMAN AU SECOURS ! Dessins de Altan, 1990.

Aux Éditions Rotatives

CAVANNA RACONTE CAVANNA. Hors-série *Charlie Hebdo*, 2008.

Aux Éditions du Square

LES AVENTURES DE DIEU, 1971.

LI'L ABNER DE AL CAPP (traduction), 1971.

LE SAVIEZ-VOUS ? : tome 1, 1971.

L'AURORE DE L'HUMANITÉ : tome 1 - ET LE SINGE DEVINT CON, 1972.

LES AVENTURES DU PETIT JÉSUS, 1973.

LE SAVIEZ-VOUS ? : tome 2, 1974.

L'AURORE DE L'HUMANITÉ : tome 2 - LE CON SE SURPASSE, 1975.

LES AVENTURES DE NAPOLÉON, 1976.

L'AURORE DE L'HUMANITÉ : tome 3 - OÙ S'ARRÊTERA-T-IL ? 1977.

Aux Éditions Presses de la Cité

LES GRANDS IMPOSTEURS, 1991.

DIEU, MOZART, LE PEN ET LES AUTRES, 1992.

TONTON, MESSALINE, JUDAS ET LES AUTRES, 1993.

JE T'AIME. Dessins de Barbe, 1998.

LES IMPOSTEURS, 2003.

Aux Éditions Terre de Brume

AU FOND DU JARDIN. Photos de Patricia Méaille, 2002.

Aux Éditions 10/18

JE L'AI PAS LU, JE L'AI PAS VU (chroniques *Hara Kiri hebdo*) 1969/1, *10/18*, 1975.

JE L'AI PAS LU, JE L'AI PAS VU (chroniques *Hara Kiri hebdo*) 1969/2, *10/18*, 1975.

JE L'AI PAS LU, JE L'AI PAS VU (chroniques *Hara Kiri hebdo*) 1970, *10/18*, 1976.

Composition Dominique Guillaumin.
Achevé d'imprimer
sur Roto-Page
par l'Imprimerie Floch
à Mayenne, le 20 décembre 2010.
Dépôt légal : décembre 2010.
Numéro d'imprimeur : 78433.

ISBN 978-2-07-013206-5 / Imprimé en France.

179817